KB055974

작은 마을 산책
in 유럽

작은 마을 산책 in 유럽

길 위에서 위로를 받다

초판 1쇄 발행 2021년 8월 13일

지은이 서준희 Junie Suh
펴낸이 이기봉
편집 좋은땅 편집팀
펴낸곳 도서출판 좋은땅
주소 서울 마포구 성지길 25 보광빌딩 2층
전화 02)374-8616~7
팩스 02)374-8614
이메일 gworldbook@naver.com
홈페이지 www.g-world.co.kr

ISBN 979-11-388-0120-1 (03810)

- 가격은 뒤표지에 있습니다.

- 파본은 구입하신 서점에서 교환해 드립니다.

Consolation

작은 마을 산책 in 유럽

길 위에서 위로를 받다

글·사진
서준희 Junie Suh

좋은땅

Prologue

진정한 여행의 시작

첫 번째 여행 에세이를 출간하고, 출판사와의 소소한 인터뷰에서 했던 말이 생각이 난다.

앞으로의 계획이 궁금하다는 질문에 "잘 알려지지 않은 유럽의 소도시 여행을 해 볼 생각이며 그때엔 카메라에서 온전히 자유로울 수 있는 진정한 여행을 하고 싶다."라고 대답했었다.

카메라로부터 자유롭고 싶다는 건 그저 희망 사항일 뿐이었다. DSLR 카메라는 부담스러운 무게와 촬영에 대한 강박감으로 인해서 여행을 여행답게 즐기지 못하게 하는 걸림돌이긴 했지만 여행에서 본 것들을 제법 괜찮은 결과물로 담아 주는 물건이었기에 카메라의 손아귀에서 벗어난다는 것은 영원히 불가능할 것 같았다.

그로부터 약 8개월 후, 가지고 있던 카메라와 렌즈들을 처분했다. 그리고… 드디어 남들처럼 스마트폰 하나 들고 취리히 행 비행기에 올랐다.

유럽 소도시 여행의 시작이었다. 이번 여행은 취리히를 시작으로 프랑스의 알자스 지방과 스위스, 알프스에 인접한 오스트리아와 이탈리아 그리고 독일의 작은 마을로 이어졌다.

카메라의 유혹에서 벗어나니 몸도 마음도 가벼워졌다. 드디어 여행이 보이기 시작했다.

사진 by iPhone XS Max

차례

스위스
Switzerland

리히텐슈타인
Liechtenstein

오스트리아
Austria

이탈리아
Italy

독일
Germany

체코
Czech Republic

프랑스

France

숙면

콜마르Colmar

스위스의 취리히에서 출발한 버스의 연착으로 콜마르는 이미 일몰이 시작되고 있었다. 쁘띠 베니스*La Petite Venise* 근처의 식당에서 서둘러 식사를 마치고 숙소로 돌아왔다.

콜마르 숙소의 호스트는 너무나 친절하고 사랑스러운 커플이었다. 마음이 편해져서인지 콜마르에 머무는 동안 얼마나 잘 잤는지 모른다.

몇 달 동안 시달렸던 수면 장애는 낯선 마을인 콜마르에서부터 사라지기 시작하더니 여행 내내 숙면을 즐길 수가 있었다.

콜마르에서의 첫날밤이 지나고 아침이 밝았다. 반쯤 감긴 눈으로 커튼을 젖히고 창문과 덧문을 밀어내니, 구름 둥둥 하늘을 배경으로 오렌지색의 지붕들이 창문 속에 들어와 있었다. 오랜만에 보는 그림이었다.

"그래, 여긴 유럽이고, 나는 지금 여행 중이로구나."

au vieux pignon

알자스의 꽃

콜마르Colmar

프랑스의 마를렝하임*Marlenheim*에서 시작해서 보쥬 산맥*Vosges*을 따라 남쪽의 떵*Thann*까지 이어지는 170km의 와인 가도에는 콜마르*Colmar*를 포함해서 리퀘위르*Riquewihr*, 위나비르*Hunawihr*, 히보빌레*Ribeauvillé*, 케제르베르*Kaysersberg* 등의 아름다운 중세 마을들이 와인 가도라는 이름에 걸맞게 포도밭에 둘러싸여 있다.

화이트 와인을 주로 생산하는 와인 산지인 이 지방을 사람들은 '알자스'라고 부른다.

그러한 알자스 지방에서 세 번째로 큰 도시이며 알자스 와인의 중심지라고 알려져 있는 콜마르에 짐을 풀고 그림 같은 알자스 마을들을 천천히 돌아보기로 했다.

슈퍼마켓이 일찍 닫는지라 도착한 날 밤에는 장을 볼 수가 없었기에 아침이 되니 당장 먹을 게 하나도 없었다. 호스트가 빌려준 자전거를 타고 식전부터 슈퍼마켓으로 향했다.

작은 동네이기에 구멍가게 수준일거라 생각했던 슈퍼마켓은 다양하고 많은 상품들을 판매하는 대형 슈퍼마켓이었다.

유제품을 비롯해서 저렴한 가격의 식료품과 와인의 유혹은 유럽에 눌러 살고 싶다는 생각을 다시금 하게 만들었다.

계산대에서 노부부 손님이 가방 깊숙이 숨어 있는 지갑을 찾을 때까지 느긋하게 기다려 주는 계산원은 천사가 따로 없었다. 그녀는 노부부에게 다정하게 말을 걸며 그들의 마음을 편하게 해 주려고 노력하는 것 같았다. 유럽의 이런 배려와 여유가 나는 참으로 좋다. 계산대에 서면 늘 쫓기는 기분인 우리와는 달라도 너무 다르다.

며칠 먹을 식료품을 사서 냉장고에 채워 넣었다. 납작 복숭아를 곁들인 늦은 아침 식사를 하고, 콜마르를 보기 위해서 숙소를 나섰다.

조용한 돌길을 걸어서 꽃으로 장식이 된 다리에 올라서니 다락방의 창문까지 붉은 제라늄으로 장식이 된 아름다운 반 목조 가옥들이 로슈 강*La Lauch* 양쪽으로 그림처럼 펼쳐져 있었고, 작은 강물 위에는 백조들이 노닐고 있었다.

LES
BATELIERS

하늘색 가옥의 창문에 선 아주머니가 로슈 강을 향해서 빵조각을 던지니 물 위를 거닐던 백조들이 몰려들었다. 그 광경을 보기 위해서 백조보다 더 많은 사람들도 모여들었다.

이탈리아의 베니스처럼 바다가 아닌, 하천이 마을을 관통하고 있지만 로슈 강을 따라 반 목조 가옥들이 이어진 이 지역을 '쁘띠 베니스*La Petite Venise*'라고 부르고 있다. 그만큼 아름답다는 의미이지만 베니스보다 더 아기자기하며 여성적인 느낌이 많이 나는 곳이다.

장식이 없어도 충분히 아름다울 전통 반 목조 가옥에는 서로 경쟁을 하듯이 온갖 꽃이며 장식품으로 잔뜩 치장을 했으니 때론 과한 듯도 하지만 꾸미기를 좋아하는 프랑스인들의 아기자기한 성향이 가장 잘 나타나는 곳이 바로 콜마르를 비롯한 알자스 마을들인 듯하다.

마을 가운데를 가로지르는 매력적인 로슈 강, 그리고 관광하기에 적당한 규모의 콜마르는 '알자스의 꽃'이라고 불러도 과언이 아닐 만큼 아름다운 곳이다. 특히 콜마르는 애니메이션 〈하울의 움직이는 성〉의 배경이 된 곳이기도 하다.

이런 아름다운 마을에서 1주일 동안 지내기로 한 것은 지금 생각해도 참으로 훌륭한 결정이었다.

• **쁘띠 베니스**La Petite Venise:

구시가지의 심장부에 있는 그림 같은 지역으로 '로슈La Lauch'라고 불리는 작고 조용한 강이 흐르며 콜마르의 가장 대표적인 관광지이다.

로슈 강을 따라서 아기자기한 카페, 레스토랑, 상점들이 이어져 있으며 로슈 강에서는 가이드와 함께 보트 투어를 할 수 있다.

• **도미니칸 성당**Église des Dominicains:
고딕 양식의 성당으로 1283년에 건축을 시작하여 1364년에 완공되었다. 마르틴 숀가우어의 걸작인 《장미 덤불 속의 성모 마리아》를 소장하고 있다.

• **메종 피스테르**Maison Pfister:
16세기 콜마르에 최초로 지어진 르네상스식 건물이며 퇴창이 달린 독특한 디자인으로 유명하다.

• **생 마르탱 성당**Collégiale Saint-Martin:
고딕 건축 양식을 대표하는 성당이며 빼놓을 수 없는 콜마르의 명소이다.

• **쿠베르 시장**Marché Couvert:
쁘띠 베니스 인근에 위치하며 벽돌과 석재로 지어진 깔끔한 알자스 시장이다. 육류, 치즈, 꽃, 와인이나 지역 특산물을 판매한다.

• 콜마르는 프랑스가 미국에 기증한 '자유의 여신상'을 만든 조각가 바르톨디의 고향이다. 자유의 여신상 100주년 기념으로 바르톨디의 고향인 콜마르에도 작은 자유의 여신상이 세워졌다. 콜마르에서 외곽으로 나가는 길의 로터리에 세워져 있다.

• 슈퍼마켓에서는 봉투 판매를 하지 않으니 꼭 장바구니를 지참해야 한다.

Brasserie des
KUB
KUB
2019
petit futé
2011
2012
2013
2016
2017
1947
Terrasse des Tanneurs
en dessous
des arbres

Maison dite
"au Pélerin"
25a

Lorber
Patissier
Chocolatier
Lorber
Pâtissier Chocolatier Glacier
SANDWI
QUICHE-PATE-
VENTE DE P

잃어버린 안경

콜마르Colmar

전날, 스위스의 취리히에서 프랑스의 콜마르로 데려다 줄 플릭스 버스의 기사님은 얼마나 여유로운지 터미널에서 그에게 모여드는 여행자들의 모든 질문에 일일이 대답을 해 주느라 결국 출발이 늦었다. 달리는 중에는 할머니 손님들과 잡담은 물론이고 무슨 노래인지 합창을 하며 즐겁게 운전을 하는 모습이 국경을 넘는 버스가 아니라 마치 시골의 마을버스 같았다.

그렇게 신나던 버스는 그대로 프랑스의 콜마르로 가는 줄 알았건만 국경 근처에서 버스를 바꿔 타라는 방송에 급하게 내려서 버스를 갈아탔다. 무슨 일인지 버스 기사님까지 옮겨 타는 것이었다.

안경을 두고 내린 걸 알아차린 것은 갈아탄 버스가 국경을 넘어서 한참이나 달리던 중이었다.

콜마르 도착 후, 기사님께 내 사정을 알렸으나 그는 스페인어와 독일어만 가능한 스페인 사람이었다. 그가 그렇게 여유롭고 흥이 많은 이유를 그제야 알 것 같았다.

마침 어느 프랑스 여성이 통역을 자처하고 나서더니 내 사정을 그에게 잘 통역해 주었다. 또한 기사님이 다음날 다시 취리히에서 콜마르까지 버스를 운전해서 올 것이며 안경을 찾아보겠다고 한다는 말도 내게 전달을 해 주었다.

다음날, 기사님으로부터 스페인어로 된 메시지를 받았다. 열심히 번역기를 돌려 봤더니 그가 내 안경을 찾았으며 버스가 콜마르 역 부근에 도착하는 시간인 저녁 6시에 만나자는 내용이었다.

느긋한 기사님은 운전 중간중간 메시지를 보내 주며 도착 시간을 알려왔다. 번역기가 없었으면 어쩔 뻔했어.

일찌감치 숙소를 나와서 천천히 콜마르 구시가지 구경을 한 후에 약속 시간보다 일찍 콜마르 역에 도착을 했다.

저녁 6시가 막 지나고 있었지만 기사님과 버스는 보이지 않았다. 내가 서 있는 장소가 버스 정류장에서 몇 발짝 떨어진 곳이라는 것을 깨달은 것은 나를 기다리고 있다는 기사님의 메시지가 날아온 순간이었다.

휘어진 길을 돌아서 뛰어가니 콜마르 역에 가려서 보이지 않았던 버스가 서 있었다. 기사님은 버스 옆에 서서 역시 여유로운 모습으로 나를 기다리고 있었고 스위스의 취리히로 출발할 승객들은 영문도 모른 채 버스 속에서 덩달아 기다리고 있었다. 어찌나 미안하던지… 취리히로 떠나는 기사님과 참을성 많은 버스의 승객들에게 한참 동안이나 손을 흔들며 버스가 보이지 않을 때까지 그 자리에 서 있었다.

국경을 넘어서 취리히까지 다시 갔던 안경은 멀쩡한 모습으로 돌아왔지만 기사님의 그 고마움에 대한 표현은 짧은 단어 몇 개에 그치고 말았다. 그를 만나러 콜마르 역까지 걸어가는 시간 동안 작은 선물이라도 하나 사갈 걸 그랬다는 생각은 집에 돌아와서야 겨우 떠올랐다.

타르트 플랑베

콜마르Colmar

저녁을 먹으러 쁘띠 베니스의 'La Krutenau'라는 식당에 앉았다. 이 집은 타르트 플랑베*tarte flambée* 전문집이어서 음식은 타르트 플랑베밖에 없었다.

타르트 플랑베는 피자처럼 생긴 알자스 지방의 전통 음식이다. 치즈나 연어가 토핑된 것도 있지만 처음인지라 베이컨 조각과 양파가 토핑이 된, 기본으로 주문을 했다. 도우가 얇아서 바삭거리는 것이 콜마르 맥주와 아주 잘 어울렸다.

직원들은 바쁜 와중에도 친절한 편이었고, 노천 좌석인지라 지나가는 사람 구경도 좋았다.

식당에 들어와서 막 자리를 잡은 어느 중국 여성이 타르트 플랑베 맛이 어떠냐고 내게 물었다. 한 조각 가져가라고 했더니 하필이면 파리가 앉았던 걸 가져갔다.

ES
Wistub

CŒUR

중세 성으로

오슈빌레Orschwiller

콜마르 도착 셋째 날, 세미나 참석으로 독일에서 콜마르를 방문한 지인을 만나기로 했다. 갑자기 성사된 만남이었다.

건축학 교수인 그는 빠듯한 시간을 쪼개서 나에게 오 쾨니스부르그 성*Château du Haut-Kœnigsbourg*을 보여 주고 싶다고 했다. 오후에는 독일에서 파티가 있으니 부지런히 돌아가야 한다고도 했다.

나름 바빴겠지만 하루에 독일과 프랑스를 자유롭게 오가는 그 독일인이 나는 너무나 부러웠다.

콜마르 시내를 조금 벗어나니 금세 길 양 옆으로 포도밭이 펼쳐지기 시작했다. 포도밭 사이로 차를 달리니 휘어진 길의 끝 즈음에 부드러운 능선의 산이 보이고, 오 쾨니스부르그 성이 그 산의 꼭대기에 앉아 있었다.

자동차는 산을 뱅글뱅글 돌면서 올랐다. 잘 하면 멀미도 날 것 같은 달팽이 길이었다.

해발 약 800m 높이의 바위 산등성이에 위치한 오 쾨니스부르그 성은 콜마

르에서 북쪽으로 26km 떨어져 있는 곳이다.

성 근처에 이르니 이미 많은 자동차들이 성 근처에 주차가 되어 있었다. 우리에겐 생소하지만 서양인들에게는 잘 알려진 프랑스 주요 관광지인 이곳에는 매년 50만 명 이상의 사람들이 방문을 한다고 한다. 방문자들은 전부 파란 눈의 서양인들뿐이었다.

프랑스 알자스의 오슈빌레Orschwiller의 행정 구역에 있는 오 쾨니스부르그 성은 12세기에 건축된 중세 성이며 30년 전쟁 때 스웨덴의 침략으로 황폐해진 이후로 200년 동안 방치되었다가 독일 황제인 빌헬름 2세의 명령에 따라 1908년에 재건된 견고한 성이며 요새다. 그후 1919년의 베르사유 조약으로 프랑스령이 되었다.

성의 영주들과 지역의 지주들 간 세력 다툼의 장이었던 이 성의 도개교와 무기고, 지하 감옥 등은 여전히 그 자리를 지키며 오늘날 이곳을 찾는 사람들에게 과거의 이야기를 들려주고 있었다.

'반지의 제왕'에 나오는 '미나스 티리스의 성'을 비롯해서 많은 예술가들과 영화들이 신비로운 이 성의 분위기에서 영감을 받았다고 한다.

성을 내려오면서 들른 중세 정원은 텃밭 느낌이긴 했지만 유명한 곳이라고 하니 들러보면 좋겠다.

• **콜마르-오 쾨니스부르그 성**: 30분 by 자동차.
주차장은 따로 없으며 성 근처에 하면 된다.
대중교통 이용 시, 콜마르에서 셀레스따Sélestat까지 기차로 이동 후, 기차역에서 성까지 운행하는 셔틀 버스(500번) 이용.

• 주소: Château du Haut-Koenigsbourg 67600 Orschwiller, Alsace, France

동화 속 마을

리퀘위르Riquewihr

리퀘위르 시청 건물인 '호텔 드 빌*Hotel de Ville*'을 통과하니 동화의 마을이 펼쳐지기 시작했다. 리퀘위르 시청을 경계로 현실과 동화의 세계가 극명하게 나눠져 있었다.

살짝 경사진 돌길을 따라 걸으니 길의 양쪽으로 식당과 상점 등이 들어선 알자스 전통 가옥들이 크리스마스 선물 상자처럼 예쁘게 놓여 있었고, 창문이 활짝 열린 베이커리에는 모자처럼 생긴 알자스 지방의 전통 빵인 쿠겔호프가 빨간 리본을 두르고 여행자를 유혹하고 있었다.

식당에서 들려오는 식기 부딪히는 소리는 경쾌하게 한낮을 가르고, 사람들의 대화 소리는 정겨운 소음이 되고 있었다.

사람 많은 길을 뒤로 하고, 옆으로 난 조용한 골목길로 접어들었다. 다양한 색으로 채색된 가옥에는 창마다 제라늄이 활짝 피어서 소박한 골목길을 화려하게 밝히고, 그 골목길 끝마다 그림인 듯, 앙증맞은 포도밭이 배경이 되어 있었다.

리퀘위르는 말이 필요 없는, 너무나 사랑스러운 마을이었다.

- **콜마르-리퀘위르**: 30분 by 106번 버스.
- 106번 버스는 일요일과 방학 기간에는 운행을 하지 않는다.

- 메인 길의 끝에 위치한 망루Musée du Dolder는 15~16세기의 농기구와 무기, 살림도구 등을 전시하는 마을의 민속 박물관이다.

- 망루 근처의 'Féerie de Noël'이라고 써진 가게는 1년 내내 크리스마스 아이템들을 판매하는 가게인데 독일 로텐부르크의 케테 볼파르트Käthe Wohlfahrt의 파트너 가게이니 로텐부르크에서 놓쳤다면 리퀘위르에서 방문하면 되겠다.
실내는 로텐부르크의 가게보다 훨씬 좁지만 잠시 일상을 잊고 어린 시절의 기억을 깨우는 크리스마스 세계에 빠져들 수 있는 곳이다.

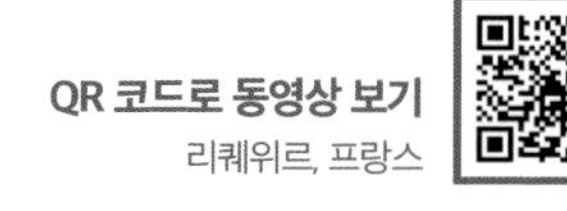
QR 코드로 동영상 보기
리퀘위르, 프랑스

Crêperie
DU VIEUX
PRESSOIR

HOTEL DE VILLE

La Dime
Restaurant La Dime

Au Cep de Vigne
NSTUB
Cep de Vigne
G. Miclo
Distillateur
Crêperie
PRESSOIR
RELAIS DES MOINES
G. Miclo
DÉGUSTATION &
VENTE DIRECTE
DU DISTILLATEUR

FORTWENGER

동행

위나비르Hunawihr

동화의 마을인 리퀘위르를 돌아보고 버스 정류장에서 버스를 기다리고 있었다. 옆에서 역시 버스를 기다리던 이탈리안 부부인 리나와 마르코가 자신들은 히보빌레*Ribeauvillé*를 방문할 것이고 그 후에 숙소가 있는 콜마르로 돌아갈 것이라며 나의 다음 행선지를 물어왔다.

알자스 마을을 운행하는 버스의 운행 시간은 각 마을들을 여유롭게 돌아보기에는 비합리적으로 짜여 있어서 머리를 잘 써야지 각 마을들을 제대로 돌아볼 수가 있다.

그날 마지막 방문지인 히보빌레에서 숙소가 있는 콜마르 행 막차가 18시 22분에 있으니 리퀘위르와 히보빌레의 중간에 위치한 위나비르*Hunawihr*를 여유롭게 돌아본 후에, 버스 배차 간격이 길어서 시간이 맞지 않는 히보빌레까지는 아예 택시로 이동하고, 히보빌레에서 막차로 콜마르에 돌아갈 것이라는 계획을 그들에게 말했다.

위나비르에 대해서 들어 본 적도, 계획에도 없던 그들은 동행을 해도 되겠느냐고 물었고 나는 흔쾌히 수락을 했다.

리퀘위르를 출발한 버스는 포도밭이 끝이 없는 들판을 지나 어느 마을 속을 꼬불꼬불 돌아다니더니 드디어 위나비르에 정차했다.

위나비르 버스 정류장에 내리는 사람은 우리들 세 사람밖에 없었다.

마을이 이렇게나 조용할 수가! 사람들로 북적이던 방금 전의 리퀘위르와는 완전히 다른 세상이었다. 작고 조용한 시골 마을의 정취를 느끼기에는 완벽한 마을이었다.

위나비르는 와인 가도에 있는 고도 260m의 포도 재배 지역으로 현재 약 500여 명의 주민이 거주하고 있으며, 포도 흉년이 든 어느 해에 분수에서 포도주를 흐르게 했다는 성녀 위나*Huna*의 오래된 전설이 아직까지도 전해지고 있는 마을이다.

마을 센터 쪽으로 걸어가는 길 양쪽으로 포도밭이 펼쳐져 있었고, 포도밭이 빼곡한 언덕 위에는 자크 르 마죄르 요새 교회*Église Saint-Jacques-le-Majeur*가 예쁘장하게 자리 잡고 있었다.

교회는 마을이 한눈에 내려다보이는 언덕에 위치해 있어서 적으로부터 마을을 지키는 요새 역할을 톡톡히 했던 것 같았다.

사실 위나비르는 유서 깊은 저 중세 교회를 보기 위해서 왔다고 해도 과언이 아니었다.

요새 교회로 가는 길에 포도 서리를 했다. 알이 작은 청포도가 어쩌면 그렇게 달콤한지… 그 자리에 앉아서 다 따 먹고 싶을 정도였다. 포도가 맛이 있으니 와인 또한 맛이 없을 수가 있겠는가. 알자스 마을에서는 식사 때마다 빼놓지 않고 와인을 곁들였다. 참고로 알자스 지방은 리슬링, 피노 블랑, 뮈스카, 게뷔르츠트라미너, 피노 그리 등 화이트 와인으로 유명하다.

인적 없는 이 마을 골목길에 들어섰을 때였다. 중세 마을과 어울리지 않는 시커먼 촬영 장비들이 보였고, 프랑스 어느 영화사의 스태프라는 청년이 혼자서 촬영 장비들을 지키고 있었다. 청년은 언덕 위의 요새 교회에서 영화 촬영을 하는 중이라는 반갑지 않은 소식을 전하더니 촬영으로 인해서 교회 출입이 통제 중일지도 모른다는 비보를 전해 주었다.

그는 약 1년 후쯤에 개봉할 그 영화의 제목이 〈La bonne épouse〉라며 홍보도 자처했다. 직역하면 〈좋은 아내〉가 되겠다.

여기까지 왔는데 그냥 포기할 수 없어서 교회까지 올라가서 확인을 했더니 아… 역시나 입장 금지였다.

묘지가 있는 요새 교회에서 요새를 둘러싼 포도밭을 내려다 볼 수 있는 기회를 〈좋은 아내〉 덕에 그만 놓쳐 버렸다. 나쁜 아내 같으니라고.

다시 마을로 내려와서 구석구석 걸어 다녔다. 마을 속 역시 너무나 조용했다. 주민들은 도대체 다들 어디로 갔을까? 건물 창문에 장식된 화려한 꽃 화분, 그리고 대문 앞에 조금씩 내놓고 팔고 있는 약간의 자두와 복숭아 등으로 사람이 살고 있다는 것을 짐작만 할 뿐이었다.

잠시 쉬어가기 위해서 이 마을에 몇 개 없는 카페 중 하나인 'Chez Suzel'에 들어갔다.

레스토랑의 테라스 좌석에는 사람들이 제법 많았다. 마을이 텅텅 빈 것 같더니 어쩌면 이곳에 모여 있는 이 사람들이 바로 이 마을의 총 주민일 수도 있겠다는 생각을 했다.

인적도 드문 작은 알자스 마을에 이런 아기자기하고도 화려한 알자스 스타일로 장식이 된 레스토랑이 있으리라고는 전혀 상상하지 못했었다.

테이블마다 알자스 마을을 연상시키는 꽃무늬 식탁보가 덮여 있었고, 시골에 어울리지 않는 세련되고 아름다운 여종업원은 친절하기까지 했다.

가정식 수제 아이스크림을 주문했으나 다 프랑스어로 되어 있는지라 유리잔 맨 아래에 독한 알코올이 숨어 있다는 것을 전혀 모르고 있었다. 녹아내리는 아이스크림을 알코올과 함께 떠먹었더니 스르르 힘이 풀리기 시작했다.

다행히도 나의 동행인 리나와 마르코는 대화를 좋아하는 사람들이었고, 그들 덕에 한참 동안 쉬어 갈 수가 있었다.

- **리퀘위르-위나비르**: 약 10분 by 106번 버스.

• 위나비르에는 '나비 정원Jardins des Papillons'과 알자스 지방의 심볼인 황새나 뉴트리아, 수달 등을 볼 수 있는 동물 공원인 '나튀로파크Naturoparc'가 있다. 그 외에는 볼거리가 없었으나 조용하고 예쁜 마을에서 힐링하는 것도 나쁘지 않았다.

Tarte aux
Myrtilles
5,90€
Coupe fraicheur
Melon
Sorbet citron
Chantilly 6€
Lisbeth

Restaurant
WISTUB

와인 가도를 걷는다

히보빌레Ribeauvillé

리퀘위르 관광 안내소에서 받아온 택시 기사 전화번호로 전화를 하려던 순간, 이탈리안 부부인 마르코와 리나가 도보 여행을 제안했다.

그래, 이때 아니면 언제 또 프랑스의 알자스 와인 가도를 걸어서 가보겠나. 아이스크림 속의 알코올로 인해 무거워진 엉덩이를 겨우 들어 카페를 나섰다. 골목길로 들어서니 히보빌레를 가리키는 친절한 이정표가 보였다.

꽃이 만발한 위나비르의 골목길을 벗어나니 히보빌레로 이어지는 와인 가도가 끝없이 휘어지고 있었다. 조금 전에 먹은 아이스크림처럼 생긴 하얀 구름이 파란 하늘 위에 동동 떠 다니고, 그 아래로 키 작은 포도밭이 넓게 펼쳐져 있었다. 햇살이 따가웠으나 가끔씩 불어오는 시원하고 건조한 바람은 상쾌한 기분이 들게 해 주었다.

알자스 포도가 지천으로 널려 있으니 때때로 청포도를 따 먹으며 이탈리안 부부와 함께 와인 가도를 걸었다.

편리함을 버리니 색다른 경험이 기다리고 있었다. 택시를 타지 않길 정말 잘 했다.

굽이굽이 휘어지는 길을 한참동안 걸으니 또 다른 자그마한 마을이 가까이 보이기 시작했고, 길옆으로 이어지던 포도밭이 끝이 나더니 드디어 마을로 들어가는 골목길이 나왔다. 설레는 마음으로 좁은 골목길을 통과하니 분수가 있는 시청이 나오고, 사람들이 북적이는 마을이 신기루처럼 나타났다.

히보빌레*Ribeauvillé*는 스트라스부르와 뮐루즈의 중간에 위치하며 알자스 지방에서 가장 오래된 중세 도시 중 하나다.

메인 거리인 그헝휴*Grand'Rue*에 늘어선 다양한 가게와 그림 같은 중세 집들은 더 이상 표현할 단어를 찾을 수 없을 만큼 그저 아름다울 뿐이었다.

유럽 여행 중에는 비슷한 듯 조금씩 다른 창문의 덧문 구경도 큰 즐거움인데 특히 알자스 마을들의 덧문들은 무척 아름다웠다. 다양한 컬러로 똑바로

혹은 삐뚤게 달린 알자스의 덧문들은 집 주인의 개성과 취향을 잘 표현하고 있었으며 덧문과 건물과의 예상치 못한 컬러의 조화는 알자스 사람들의 풍부한 예술적 감각과 끼를 그대로 보여 주고 있었다. 그런 집을 온통 꽃으로 장식까지 해 두니 가히 동화 속에 나오는 마을이라고 할 만하다.

황새는 알자스 마을의 상징인지라 모든 알자스 마을의 선물 가게에서는 빨간 부리를 가진 황새 인형들을 심심찮게 볼 수가 있었다.

히보빌레 메인 거리를 거의 다 내려올 때쯤, 사람들의 눈길이 같은 곳을 향하고 있었다. CIC 은행 건물의 지붕 위에 대형 새 둥지가 있었고 거기에는 알자스의 황새가 모형처럼 앉아 있었다. 가끔 날개가 움직이는 것을 보니 진짜 황새였다. 둥지 아래의 오렌지색 지붕에는 하얀 배설물의 흔적이 적나라했지만 그건 히보빌레의 주민들이 그만큼 동물을 사랑한다는 의미일 것이다.

리나는 사진을 찍느라 한 장소에서 자주 지체를 했다. 마르코와 나는 그녀를 기다리느라 할 일 없이 근처를 배회하기도 했다. 사진 여행을 하던 과거의 나를 보는 것 같았다. 드디어 마르코가 슬며시 아내에 대한 불만을 표시하기 시작했다.

콜마르 행 막차 시간에 맞춰서 버스 정류장에서 그들을 다시 만나기로 하고 남은 시간은 혼자 돌아보기로 했다.

메인 거리가 살짝 지루해질 때엔 옆으로 난 작은 골목길로 들어가 보는 게 정답이다. 몇 걸음 걸어 나왔다고 어느새 주변이 조용해졌다. 인적 드문 곳의 생 그레고리 교회*Église Saint-Grégoire*를 둘러보고 히보빌레 병원을 지나 외진 길로 나오니 알자스 마을답게 다시 포도밭이 시작되고 있었다.

역시 여행은 혼자일 때가 가장 편한 것임을 다시금 깨달으며 너무나 편하고도 평화로운 산책을 했다.

• **위나비르-히보빌레**: 28분 by 도보.

• **콜마르 행 106번 버스 정류장 위치**:
메인 거리를 따라 끝까지 내려오면 큰 도로가 나온다. 도로 가운데의 로터리를 건너서 꼬마 기차 타는 곳 건너편에 있다.

R. JOGGERST & Fils
Propre Récolte
CAVEAU
Dégustation
Vente
JOGGERST ET FILS
AB
GRAND'RUE
01-09-2019

ger
BANETTE
Chez Arlette
Pâtissier
LXK 642
TOPGEAR VAXJO.SE
116d

Wistub
zum
Pfifferhus

METZ FRERES
GILG
METZ FRERES
B. GERBER

친절한 기사님과 가이드 고양이

케제르베르Kaysersberg

숙소에서 콜마르 역까지는 대중교통이 없어서 제법 불편했지만 숙소 호스트가 자전거를 빌려 줘서 그나마 다행이었다.

호스트의 자전거로 콜마르 역까지 간 후에 자전거는 역 앞 보관소에 잘 묶어 두었다. 내 자전거가 아니기에 잠금 장치의 더블 체크는 필수였다.

케제르베르 행 버스 정류장에 대한 정보 부족으로 정차 중인 어느 버스의 여성 기사님께 정류장 위치를 물어보았다. 기사님은 친절하게 위치를 설명해 주셨고, 나는 그 기사님이 알려 준 위치라고 짐작되는 곳에서 버스를 기다리고 있었다.

잠시 후, 좀 전의 그 버스가 스르륵 나에게 다가왔다. 버스 문이 열리더니 기사님은 그곳이 아니라며 자신의 버스를 타라고 했다.

내가 가야 할 정류장까지는 겨우 100m 정도의 오차가 있었지만 길을 건너야 하니 기사님이 태워 주시고자 한 거였다. 엉뚱한 곳에 서 있으니 무척 답답해 보이셨나보다.

감사한 마음으로 냉큼 그녀의 버스에 올라탔다. 그 와중에 사진 한 장을 찍겠다고 했더니 선글라스를 벗어 주시던 친절한 버스 기사님이 잊혀지지 않는다. 이름이라도 물어볼 걸 그랬다.

케제르베르는 독일어로는 '카이저스베르크'라는데 나는 유난히 이 마을의 이름을 발음하기가 어렵다. 그러니 그냥 구글 지도에 나온 대로 표기하기로 한다.

케제르베르는 알자스 전통 반 목조 가옥을 잘 보존하고 있는 마을이며 알버트 슈바이처가 1875년에 이곳 케제르베르에서 태어났다고 한다.

케제르베르는 2017년 프랑스인들이 가장 사랑하는 마을로 선정이 될 만큼 아름다운 알자스의 마을이다. 사실 알자스 와인 가도에 있는 마을들은 워낙 다 아름다운지라 서로 비교를 한다는 것 자체가 전혀 의미가 없긴 하다.

오래된 돌길을 따라 줄지어 서 있는 케제르베르의 전통 가옥들은 창문마다 제라늄으로 치장한 채 우아함을 뽐내고 있었다. 알자스 마을의 아이비 제라늄은 일반 제라늄보다 꽃잎이 작아서 하늘거리는 것이 전통 가옥의 창문과 무척 잘 어울렸다.

르네상스 양식의 콘스탄틴*Constantin* 분수에서 떨어지는 물줄기는 여행자의 눈을 시원하게 하고, 로마 양식의 아름다운 현관이 있는 생트 크루아 교회*Eglise Sainte-Croix*는 충분히 아름다운 이 마을에 그 깊이를 더하고 있었다.

67-SJ-JS

hé Mignon
Salon de thé
Gault Millau
2019
SALON
CLIMATISÉ

RESTAURANT
Auberge

MAISON GISIE

케제르베르 성*Château de Kaysersberg*에 오르기로 했다. 케제르베르 성 아래에서 카메라를 들고 배회하는 어느 서양 여성을 만났다. 그녀는 성으로 오르다가 너무 덥고 길이 힘들어서 초입에서 그만 포기하고 내려왔다고 했다.

아래에서 보는 성은 그리 멀지 않은 것 같은데… 그녀가 엄살을 부리는 것 같았다.

시청을 지나 포도밭 사이로 난 언덕으로 올랐다. 포도밭 초입에 '성으로 가는 길'이라고 이정표가 서 있었지만 밭의 고랑을 길로 이용하는 것인지라 어찌나 험한지, 머리 바로 위에서 이글거리는 태양은 또 얼마나 뜨거운지… 그제야 좀 전의 그 여성이 이해가 되었다.

키 낮은 포도 덩굴의 그림자 아래에서 엉거주춤하게 허리를 구부려 간간히 쉬었다가 다시 오르곤 했다.

눈앞에 탐스럽게 익은 포도송이들이 주렁주렁 매달려 있는데 그냥 쉬기만 했겠는가?

몇 알씩 훔쳐 먹는 남의 집 포도 맛은 한낮의 더위를 잊게 할 만큼 달콤했다.

겨우겨우 포도밭을 벗어나서 언덕 위에 오르니 거무튀튀한 고양이 한 마리가 앉아 있었다. 고양이는 다가와서 스윽 냄새를 맡더니 따라오라는 듯한 눈길을 슬쩍슬쩍 던지고는 천천히 성으로 나를 인도하기 시작했다.

성 입구에 도착하니 어디론가 사라지던 너무나 신기한 고양이였다.

계단을 걸어 성탑까지 오르니 이마에 땀방울이 송골송골 맺혔다. 그곳에서는 케제르베르 마을을 360도로 전망할 수 있었다. 포도밭 아래로 펼쳐지는 케제르베르는 위에서 보니 더욱 예쁘고 매력적인 마을이었다.

MTB TEAM
Sportswear

다시 마을에 내려와서 길을 걷다가 나만큼 웃음 많은 독일 여성과 마주쳤다. 그녀는 어느 요리책의 저자라고 했으며 자전거로 혼자 여행 중이라고 했다. 그녀는 메인 거리에 아무렇게나 앉아서 작은 스케치북에 색연필로 마을을 그리고 있었다.

제 버릇 개 못 준다더니… 그녀의 스케치북에서 가장 마음에 드는 그림을 골라서 펴 놓고 카메라도 없는 주제에 감히 그녀에게 미소까지 요청했다. 그림이 잘 보이도록 한 뒤에 스마트폰 카메라의 셔터를 눌렀다.

노천카페에서 타르트 플랑베로 배를 채우고 다시 알록달록 가옥이 줄지어 선 골목길을 걷노라니 어느새 한적한 뽀르띠피에 다리*Pont Fortifié*에 이르렀다. 다리 아래에는 작은 강물이 시냇물처럼 소심하게 흐르고 있었다. 다리에서 보이는 이 동네 가옥들은 뒷모습마저도 그림이었다.

아름다운 케제르베르를 두고 떠나기가 섭섭해서였는지 마을 끝에서 끝까지 몇 번씩이나 걷고 나서야 겨우 콜마르 행 버스에 올랐다.

• **콜마르-케제르베르:** 약 40분 by 145번 버스.

• 방학이나 일요일 등에는 버스 운행을 하지 않는다.

• **케제르베르 성**Château de Kaysersberg:

알자스와 로렌 지역 사이의 중요한 통로를 통제하기 위해 1227년에 세워진 후기 로마 건축 방식으로 지은 성이다.

30년 전쟁(1618~1648) 동안 주거 공간 및 별관이 소실이 되어 방치가 되었으나 19세기에 재건되고 1841년에 역사적 기념물로 등록되었다.

• 마을 끝에 슈바이처 박물관이 있다.

콜마르의 일요일

콜마르Colmar

일요일이라서 콜마르 근교로 가는 버스는 대부분 운행을 하지 않았다.

자전거로 콜마르 근교 마을인 에귀셍으로 갈까 했었지만 전날 숙소에서 콜마르 역까지 한 번 타 보니 딱딱한 안장으로 힘들었기에 포기했다.

우버 택시로 갈까 했지만 숙소 호스트 말로는 에귀셍은 작은 마을이어서 우버 택시가 운행하지 않을 거라고 하니 마음을 접고 콜마르 구석구석 구경을 하기로 했다. 후에 택시 기사에게 들은 얘기로는 일요일에도 에귀셍까지 운행하는 택시가 있다고 해서 후회를 한 적이 있다.

우선 보트 투어를 하기 위해 쿠베르 시장으로 향하는데 조용하던 동네가 시끌벅적한 것이 장이 서 있었다. 구석에서 연습을 하던 마술사는 손님들이 몰려오니 신이 나서 솜씨를 뽐내고, 아이들은 긴 그네를 타고 하늘로 오르내리고, 작은 무대에서는 재즈 가수가 동네가 떠나갈 듯이 노래를 부르고 있었다. 온 마을이 들썩이고 있었다.

동네를 한 바퀴 돈 후에 깔끔한 실내를 가진 쿠베르 시장에서 보트를 탔다. 두 명씩 앉는데 혼자라니까 맨 앞에 앉혀 주네.

바람 한 점 없는 고요한 로슈 강 위를 보트가 미끄러지니 로슈 강 옆으로 알자스 지방의 전통 반목조 가옥들이 그림처럼 펼쳐지기 시작했다. 백조들이 노닐던 그 로슈 강 위에 내가 앉아 있었다. 보트에 앉아서 올려다보는 콜마르는 걸으면서 보던 것과는 또 다른 아름다움으로 가득했다.

맞은편에서 오던 보트 속의 꼬마가 우리 보트를 보더니 귀여운 목소리로 소리쳤다.

"하이, 보트~!"

순간순간이 다 그림이었다.

HOTEL

보트는 점점 인적이 드문 곳으로 미끄러져 들어가고, 강 양쪽에 늘어선 진한 녹색의 나무들이 하늘을 가리며 물 위로 우거지니 강물은 온통 초록색으로 물이 들어 버렸다. 간간히 맑은 새소리까지 들려오니 방금 전의 시끌벅적한 동네와는 완전히 다른 세상이 되었다. 선택한 자만이 누릴 수 있는 평화라고나 할까.

꽃으로 장식이 된 다리들을 지나 다시 쿠베르 시장이 나타나면서 보트 투어는 끝이 났다.

걷고, 물 위를 달렸으니 이젠 꼬마 기차를 타고 콜마르 돌아보기를 마무리해야겠다.

꼬마 기차는 성인 8인 이상 모여야 운행을 한다고 해서 어느 가족과 함께 꽤 오래 기다렸다. 뭔가를 하기 위해서 이렇게 오래 기다리는 걸 잘 못하는 사람

인데 이때 아니면 언제 또 콜마르의 꼬마 기차를 타 보겠냐며 참고 기다렸다.

겨우 사람들이 다 모이자 꼬마 기차는 울퉁불퉁 돌길을 내달려 콜마르의 중요 관광지와 골목길 구석구석을 한국어 안내 방송과 함께 보여 주었다. 정보 부족을 겪을 수 있는 나 홀로 여행자라면 꼬마 기차로 콜마르를 먼저 돌아본 후에 도보 여행을 하는 것도 괜찮겠다.

• **로슈 강 보트 투어**: 25분 소요.

• **꼬마 기차 투어**: 35분 소요. 운터린덴 박물관Musée Unterlinden 근처에서 출발. 콜마르에는 초록색 꼬마 기차와 흰색 꼬마 기차가 있는데 출발 장소가 다르다. 구글 지도에 'le petit train colmar'로 검색을 하면 두 꼬마 기차의 출발지를 알 수 있다.

• 콜마르 역 옆의 자전거 대여소에서는 자전거 대여는 물론이고 짐도 보관할 수가 있으니 체력이 된다면 근교 마을까지는 자전거로 달려도 좋을 것 같다.

QR 코드로 동영상 보기
콜마르, 로슈 강 보트 투어

QR 코드로 동영상 보기
콜마르, 꼬마 기차 투어

나쁜 아이들

콜마르Colmar

콜마르를 떠나서 다시 취리히로 가던 날이었다. 아침에 콜마르 숙소의 호스트 부부와 작별 인사를 했다. 출근으로 나보다 먼저 집을 나서던 부부가 시골 부모님 댁에서 따온 무화과 한 봉지를 선물로 주면서 취리히 행 버스에서 먹으라고 했다.

텅 빈 집을 대충 정리하고 문단속을 한 후에 거리로 나섰다. 택시가 일찌감치 와서 기다리고 있었다.

취리히 행 버스 도착 시간까지 시간이 좀 남았기에 콜마르 역 플랫폼을 구경하고 다시 버스 정류장으로 돌아가던 길이었다.

뒤에서 인기척이 느껴져서 힐끔 돌아보니 누군가가 청명한 날씨에 우산을 쓰곤 내 뒤를 바짝 붙어서 따라 걷고 있다는 게 느껴졌다. 확실하진 않았지만 가끔 우산이 내 배낭에 부딪히는 느낌도 있었던 것 같았다.

텅텅 빈 콜마르 역 부근에서 왜 부딪히며 걸어야 하는지, 날씨가 이렇게나 쨍한데 웬 우산이람? 뭔가 이상한 기분이 들긴 했지만 시골 마을인지라 더 이상 의심을 하지 않았다. 좌우로 몸을 휙휙 털며 반갑지 않은 터치라는 것을 표현해 준 뒤 버스 정류장을 향해서 길을 걸었다.

버스 정류장에서 슬로바키아에서 온 중년 부부와 독일에서 왔다는 10대 후반의 두 여자애들을 만났다. 여자애들은 스위스의 바젤에 간다며 버스 시간이며 정류장이 맞는지를 물었다. 슬로바키아 부부와 함께 여자애들에게 대답을 해 주면서 문득 내 배낭을 보니 입구가 반쯤 열려 있지 뭔가.

그제야 나에게 바짝 붙어서 걷던 사람은 소매치기였고, 소매치기가 우산으로 내 배낭을 가리며 지퍼를 열었다는 확신이 들었다.

다행히도 중요한 물건들은 다 안전한 곳에 들어 있었고, 주머니가 워낙 많아서 뭘 찾으려면 배낭 주인인 나도 한참 헤매는 배낭이었기에 소매치기가

뒤적거리다가 포기를 했던 것 같았다.

놀란 마음에 그 여자애들에게 누군가가 내 배낭을 우산으로 가리고 소매치기를 시도했으니 너희들도 조심하라고 막 말을 뱉은 순간이었다. 이 쨍한 날에 대충 접은 우산이 그 여자애들 중 한 명의 손에 들려 있는 게 눈에 들어왔다. 그녀들도 우산에 멈춘 나의 시선을 느끼고 있었다.

세상에… 내 배낭을 마음대로 열어서 휘저었던 소매치기한테 소매치기를 조심하라고 말하고 있었던 것이었다.

그녀들을 한 대 패 주고 싶었지만 내가 뭘 어쩌겠나. 그저 어이가 없다는 눈길을 던지곤 슬로바키아 부부가 앉아 있는 벤치에 함께 앉았다.

콩닥거리는 가슴을 진정시키기 위해서는 사건을 공유할 누군가가 필요했다. 낮은 목소리로 슬로바키아 부부에게 사건의 전모를 일러바쳤다. 그들은 깜짝 놀라며 주변을 둘러보더니 "소매치기가 맞네, 맞아!" 하며 소매치기임을 확신했다. 바젤에 간다며 버스를 기다린다던 여자애들이 어느새 사라져 버렸던 것이다.

프랑스 시골 마을까지 소매치기라니… 슬픈 일이다. 그래도… 기분 나쁜 일은 빨리 잊는 것이 좋다.

인생이 늘 달콤하지만은 않듯이 여행도 마찬가지다.

스위스

Switzerland

부서진 가방

취리히Zürich

인천을 출발해서 취리히에 도착하자마자 짐 가방의 손잡이들이 하나씩 부서져 떨어져나갔다. 공항의 수하물 컨베이어 벨트에서 이미 한 개가 떨어진 채로 나왔고, 또 취리히 중앙역에서 한 개가 떨어졌다. 떨어진 손잡이들이 하나는 가방의 위에서 또 하나는 옆에서 팔을 벌린 채 덜렁거리고 있었다. 남은 거라고는 길게 뺄 수 있는 손잡이밖에 없는데 한 달 동안의 짐이 든 가방인지라 그마저도 힘을 주면 부서질 것 같았다.

하필이면 물가가 사악한 스위스에서 망가지다니. 다음날엔 프랑스로 넘어가야 하는데… 여행 시작부터 이게 도대체 무슨 일인지… 걱정이 많아졌다.

중앙역에서 숙소까지는 도보로 가능한 거리였지만 손잡이가 떨어진 가방과 함께라면 아마 밤이 지나야 숙소에 도착을 할지도 모를 일이었다. 스위스에서 처음으로 택시를 탔다.

다음날, 아침 일찍 취리히 중앙역으로 가방을 사러 나갔다. 중앙역에 입주한 상점에서 가방을 살 생각이었으나 길을 묻기 위해서 만난 출근길의 어느 남성이 중앙역의 상점들은 많이 비싸다며 대형 마트인 미그로스*Migros*를 추천해 주었다.

부지런한 스위스인들과 함께 아침부터 미그로스 앞에 서서 문이 열리길 기다렸다. 오전 9시도 덜 된 시간에 마트라니…

결국 가방을 샀다. 건망증이 심한지 거금을 지출했음에도 새 가방을 사서 돌아가던 트램 속에서는 콧노래가 흘러나왔다.

걱정이 다 사라졌다.

새 가방은 취리히를 떠나서 프랑스의 알자스 마을을 여행한 후에 다시 취리히로 돌아와서 나머지 일정을 잘 마쳤으며 지금은 조용히 쉬면서 호시탐탐 다음 여행의 기회를 엿보고 있다.

친절한 스위스

루체른Luzern

콜마르에서 버스로 약 3시간을 달려서 다시 취리히에 도착했다. 며칠 전에 취리히에서 샀던 새 짐 가방 덕분에 프랑스 알자스 여행은 별일 없이 끝이 났다.

짐 가방은 취리히 역 내 코인 락커에 넣어두고 먼저 루체른에 다녀오기로 했다.

스위스는 살인적인 교통비로 소문이 자자하다. 그런 스위스를 여행하기 위해서 필요한 것이 있다면 바로 '스위스 트래블 패스'다.

이 패스로는 배를 포함, 스위스 내의 모든 대중교통을 이용할 수가 있으며 자유롭게 내리고 탈 수가 있다. 나는 5일간 머물 거여서 한국에서 미리 4일 권을 구매해서 왔다. 4일 권 다음은 8일 권이다. 프랑스의 콜마르에 가기 전에도 취리히에 머물렀지만 연속으로 사용해야 하기에 콜마르에서 돌아온 이날부터 패스를 개시했다.

루체른 행 기차가 출발을 하자마자 검표원이 검표를 시작했다. 검표를 하지 않을 때가 더 많다. 알자스 지방에서는 버스만 탔으니 간만에 타는 기차였다.

루체른으로 가는 동안 콜마르의 호스트가 준 무화과와 역에서 산 샌드위치로 점심 식사를 했다.

루체른에 도착해서 우선 카펠교 *Kapellbrücke*부터 가 보기로 하고 어느 여성에게 길을 물었다. 천사는 루체른에도 있었다. 얼굴까지 예쁜 그녀는 카펠교까지 함께 걸어 주면서 취리히로 돌아가는 방법까지 소상히 알려 주었다.

그러고 보니 그동안 만났던 스위스인들은 한결같이 친절했던 것 같다.

몇 년 전에 베른에서 만난 친절한 스위스 청년이 생각난다. 길을 알려 준 청년이 잘못 알려 줬다면서 한참을 뛰어와서 다시 알려 주고 돌아간 적이 있다. 그 청년의 행동으로 스위스에 대한 느낌이 아주 좋았다. 인터라켄 퐁듀 식당의 유쾌한 사장님도 무척 친절했고, 숙소 스태프인 제니퍼도 명랑하고 친절했다. 우울할 때에는 스위스에 가야겠다.

로이스*Reuss* 강 위에 놓인 카펠교를 건넜다. 군사 시설의 일부였다는 카펠교는 유럽에서 가장 오래된 지붕이 있는 목조 다리다. 1300년대에 지어졌으나 1993년의 화재로 다리는 대부분 파괴되었으며 오늘날 루체른의 랜드마크가 된 이 다리는 복제품이라고 한다.

성 레오데가르 성당*Hofkirche St. Leodegar*에서 들려오던 성가대의 소프라노로 한참동안 귀 호강을 하다가 중국 단체 관광객들로 북적대는 빈사의 사자 상을 빠르게 돌아보고 루체른 구시가지로 발걸음을 옮겼다.

루체른의 구시가지는 구시가지라고 하기에는 무척 깔끔하고 모던한 분위기여서 지나가는 현지인에게 여기가 진정 구시가지가 맞는지 확인을 했을 정도였다.

감성적이고 로맨틱한 알자스 마을을 먼저 다녀온 사람이라면 루체른의 너무나 반듯한 모습에 아무래도 조금 실망을 할지도 모른다.

• **취리히-루체른**: 46분 by 기차.

Zunfthaus

취리히 역 코인 락커 사용법

취리히Zürich

취리히 역은 국경을 넘는 많은 열차들이 왕래를 하는 곳이기에 규모가 큰 역이다. 취리히는 세 번째 방문이고 길 찾기에는 어느 정도 일가견이 있다고 자부하는데도 무슨 일인지 나는 취리히 역 지하에만 내려가면 어리바리해지곤 한다.

역이 큰 만큼 지하 1층에 위치한 코인 락커 또한 그 규모가 상당하다.

예전에도 취리히 역 락커에 짐을 보관한 적이 있었는데 그때는 동전을 넣은 뒤에 열쇠로 잠갔었다.

고작 몇 년 전이었던 것 같은데 어느새 세월이 흘러 이젠 자동화가 되었다. 변화를 거부하던 유럽도 디지털의 편리함 앞에서는 고집을 내려놓게 되나 보다.

갑작스럽게 디지털 물건이 나타나니 겨우 아날로그에 적응했던 뇌가 버벅거리기 시작했다. 마침 옆에 있던 경찰관에게 사용법을 물었더니 상세하게 알려 주었다.

• 코인 락커 맨 아래 오른쪽의 영어 메뉴를 눌러서 화면의 지시대로 따라 하면 된다.

• 락커의 크기는 S부터 M, L, XL, XXL까지 있으니 본인의 가방에 맞는 것을 선택하면 된다. 나는 L 사이즈를 선택했다.

1. 화면 터치

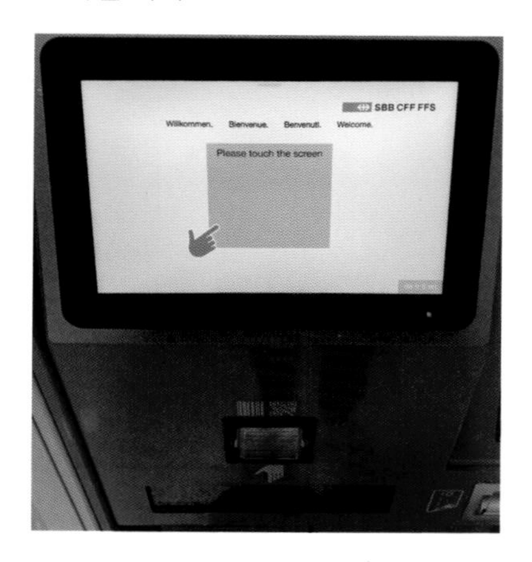

2. 왼쪽의 'deposit'을 터치한다.

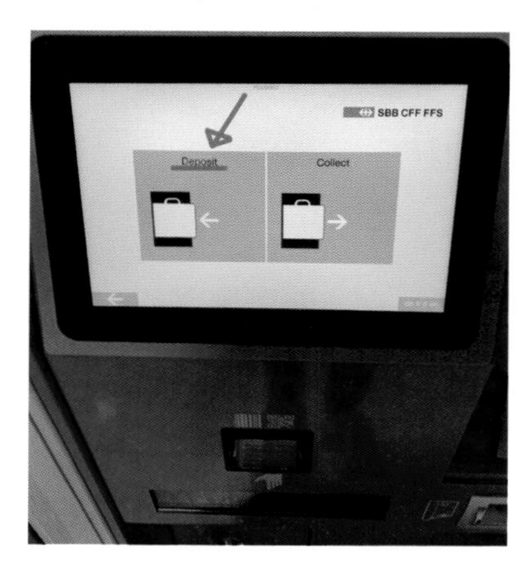

3. 동전이나 신용 카드를 넣어서 결제 후, 짐을 넣으면 락커가 잠기고 영수증이 나온다. (영수증은 짐을 찾을 때에 꼭 필요하므로 버리면 안 된다)

4. 짐을 꺼낼 때에는 'collect'를 터치하고 영수증의 큐알 코드QR CODE를 갖다 대면 락커가 열린다.

5. 9프랑을 결제하면 6시간 동안 보관이 가능한데 혹시 시간이 오버되면 추가 요금을 내면 된다.

라인 강은 흐르고…

샤프하우젠Schaffhausen

라인 강과 접하고 있는 샤프하우젠은 샤프하우젠 주의 주도이며 르네상스 시대에 지어진 건물들이 많이 남아 있는 스위스의 아주 작은 중세 마을이다.

역에서 조금 걸으니 금세 이 마을의 메인 광장인 프론바그 광장*Fronwagplatz*이 나왔다. 칼과 창을 든 용병의 동상이 있는 메츠게 분수*Metzgerbrunnen*가 프론바그 광장을 지키고 서 있고, 분수 뒤로 16세기의 천문 시계가 있는 프론바그투름*Fronwagturm* 건물이 바로크 양식의 길드하우스인 헤렌스투브*Zunfthaus Herrenstube*와 나란히 서 있었다.

메인 도로인 보르더 거리*Vordergasse*를 따라 걸으니 우측에 프레스코 기법으로 화려하게 채색된 기사의 집*Haus zum Ritter*이 있었다. 르네상스 시대의 프레스코화 특징을 가장 잘 나타내는 건물이라고 한다.

기사의 집 2층의 한쪽 면에는 평범한 모양의 퇴창이 달려 있었다. 기사의 집뿐만 아니라 샤프하우젠에서는 퇴창이 달린 건물들을 가끔 볼 수 있었는데 과거 샤프하우젠에는 중세 부유한 상인들이 많이 살아서 퇴창과 화려한 프레스코화로 그들이 가진 부를 자랑했다고 한다. 기사의 집 1층에는 현대식의 약국이 들어서 있었다.

샤프하우젠을 위에서 내려다보기 위해서 무노트 요새*Munot*로 가던 길에는 텔 분수*Tellbrunnen*라는 이름의 또 다른 분수가 서 있었다.

텔 분수에는 14세기 합스부르크의 폭정에 맞서 저항했다는 스위스의 전설적인 인물인 빌헬름 텔의 동상이 석궁을 들고 서 있었다.

그러고 보니 스위스 사람들은 분수를 무척 좋아하나 보다. 스위스의 수도인 베른에는 화려하고 앙증맞은 많은 분수들이 거리를 따라 이어지고 있었던 게 생각이 난다.

스위스는 물이 워낙 깨끗해서 분수에서 떨어지는 물을 받아 마시는 사람들을 자주 볼 수 있었다. 여행 중 혹시 모를 배탈에 대비해서 나는 늘 생수를 마셨지만 취리히 숙소의 호스트는 스위스에서는 수돗물을 그냥 마셔도 된다고 했다.

보르더 거리를 지나 좌측의 건물 사이로 난 계단을 오르니 요새로 향하는 또 다른 계단이 포도밭 사이에 나타났다. 계단을 하나씩 오를 때마다 마을의 붉은 지붕들이 초록의 포도밭 덩굴 위로 조금씩 머리를 쳐들었다. 포도밭과 붉은 지붕의 조화는 감탄이 나올 뿐이었다.

무노트 요새의 탑에 오르니 아래에서는 보이지 않던 에메랄드 빛 라인 강이 신록과 붉은 지붕으로 수놓인 중세 마을을 끼고 너무나 평화롭게 흐르고 있었다.
그런 풍경을 내려다보며 시원한 바람에 땀을 식히니 천상이 따로 없었다. 하루 종일 흐르는 라인 강을 바라보며 그곳에 조용히 앉아 있으라고 해도 좋을 것 같았다.

다시 계단을 내려서 마을로 들어서니 귀를 막고 있던 귀마개를 뺀 것처럼 마을의 모든 소리가 한꺼번에 쏟아져 들려오기 시작했다.

역으로 돌아가다가 만난 무어인의 분수Mohrenbrunnen에서는 방과 후의 남자 아이들이 물장난을 하고, 옷에 물이 튄 여학생들은 남자 아이들을 향해서 귀엽게 소리를 지르고 있었다.

Goldschmiede
Atelier
ESPRIT
ESPRIT
monomer
MEINER LIEBSTEN NAMEN
IMMER AN DER HAND
ESPRIT
-25%

orell
BAMBI

RITTER
RITTER
RITTER

• **취리히-샤프하우젠:** 약 1시간 by 기차.

• **무노트 요새**Munot:

포도밭으로 둘러싸인 언덕에 위치한 16세기의 원형 요새이다. 현재는 관광 명소인 동시에 다양한 행사가 열리는 곳이 되었다.

• **라인 폭포**Rheinfälle:

샤프하우젠에서 다시 기차를 타고 약 7분 정도 달리면 유럽에서 가장 큰 평지 폭포인 라인 폭포를 볼 수가 있다. 나는 기차로 취리히에서 샤프하우젠 가는 도중에 창밖으로만 봤는데 관광객들이 많이 찾는 곳이라고 한다.

자유로운 간판들

슈타인 암 라인 Stein am Rhein

슈타인 암 라인*Stein am Rhein* 역에서 내린 사람은 나 외에는 한 명도 없었고, 마을 중심으로 향하는 사람들도 몇 명 되지 않았다.

한적한 길을 따라 약 400m를 걸으니 하얀 백조로 장식된 간판의 호텔이 보였다. 역시나 '백조 호텔*Hotel Schwanen*'이라고 적혀있었다. 예쁜 간판을 보니 마을이 궁금해지기 시작했다.

멀리 라인 다리*Rheinbrücke* 너머로 붉은색 지붕을 얹은 집들이 보이기 시작했다. 두근거리는 마음으로 급하게 라인 다리를 건넜다.

시청 옆길로 들어선 슈타인 암 라인의 중심인 시장 광장에는 창과 방패를 든 동상이 시장 분수*Marktbrunnen*를 지키고 있었고, 각각 고유의 이름을 지니고 있는 중세 건물들이 광장을 중심으로 나란히 마주보고 서 있었다.

건물의 형식을 알 수 없는 신기하게 생긴 시청사의 지붕은 마치 동남아시아에서나 가져온 듯한, 도대체 국적을 알 수 없는 독특하고 신비로운 디자인을 하고 있었다.

퇴창이 붙은 중세 건물들의 외벽에는 은은한 색의 프레스코화가 멋들어지게 그려져 있었고, 은은한 갈색 톤의 건물들은 우아한 골동품 상자들처럼 아름다웠다. 세월이 흘렀음에도 여전히 세련된 색감과 디자인으로 남아 있는 중세 건물들을 보며 유럽인들의 예술적 감각은 실로 대단하다는 것을 다시금 느꼈다.

시장 광장에서 시계탑으로 이르는 길에는 이색적이며 다양한 간판들이 눈길을 끌었다.

황새가 황금 링을 물고 있는 간판은 귀금속 집이었고, 까마귀가 앉아 있는 간판은 어울리지 않게 와인 샵이었으며, 황금 물고기가 튀어 오르는 형상을 한 간판은 1398년에 오픈한 식당이었다.

seit 1398
Restaurant
Salmenstübli

MANUFACTURA

날개가 달린 용이 있는 간판은 박물관, 황금 프레츨을 들고 있는 남자가 있는 간판은 술집, 포도송이가 매달린 간판은 과일 가게나 와인 가게가 아닌 매점이었다.

간판만 보면 대충 어떤 가게인지 알 수 있는 유럽 다른 마을들과는 달리 슈타인 암 라인 주민들의 발상과 표현은 무척이나 자유롭고 재미있었다.

간판 구경을 하며 골목길을 한 바퀴 돌다 보니 라인 강변으로 통했다. 느리게 흐르는 라인 강변에는 여유롭게 앉아서 햇볕을 쬐는 사람들이 보였다.

마을을 다시 한 번 천천히 돌아보고, 백조 호텔을 지나서, 취리히로 돌아가는 기차에 올랐다.

최대한 많은 풍경과 풍부한 햇살이 들어오도록 디자인한 스위스 기차의 대형 창문 옆에 앉아 있으면 아주 특별한 선물을 받는 듯하다. 천혜의 자연을 가진 스위스이기에 이방인이 탄 기차가 들판을 달리는 동안 보여 주고 싶은 그림이 많을 것이다.

스치는 풍경 하나라도 놓칠 새라 두 눈 부릅뜨고 앉아 있는 나와는 달리, 하굣길인 앞자리의 여자 아이는 풍경 가득한 창문을 두고도 꼬박꼬박 졸고만 있었다. 문득 그런 아이가 부러워졌다.

• **샤프하우젠-슈타인 암 라인:** 25분 by 기차.
• **슈타인 암 라인-취리히:** 1시간 11분 by 기차.

• **장크트 게오르겐 수도원 박물관**Klostermuseum St. Georgen:
슈타인 암 라인 역에서 구시가지 방향으로 난 라인 다리를 지나자마자 우측에 있는 고딕 건축 양식의 박물관으로 1007년에 베네딕트 수도원으로 처음 건설된 후에 여러 번 개축되면서 지금은 박물관으로 사용되고 있다.
라인 강으로 이어지는 두 개의 문을 통해 만나는 아름다운 정원은 매우 조용해서 라인 강을 바라보며 휴식을 취하기에도 좋으니 박물관과 함께 놓치지 않는 게 좋겠다.
여름철에는 결혼식, 워크숍, 강연 및 기타 행사를 위해 수도원의 방과 정원을 대여할 수 있으며 최대 200명까지 수용할 수 있다.
11월에서 3월까지는 개관하지 않는다.
계절별로 개관 시간이 다르니 홈페이지에서 미리 체크 필요.
홈페이지: https://www.klostersanktgeorgen.ch/

Souvenir
Geschenke
VICTORINOX
cerjo

ALPINA

위로

마이엔펠트Maienfeld

마이엔펠트 역에서 마을로 향하는 길에는 인적이 드물었다. 마을에는 벽마다 '하이디 마을*Heididorf*'이라고 써진 화살표가 붙어 있고 '하이디 길*Heidiweg*'이라고 써진 빨간 화살표도 마을 여기저기에서 지속적으로 보였다.

초원을 바라보고 앉아 있는 어느 블로거의 사진 한 장으로 찾아온 곳일 뿐이었는데 알고 보니 마이엔펠트는 애니메이션, 〈알프스의 소녀 하이디〉의 원작인 요한나 슈피리의 '하이디' 시리즈 동화들의 배경이 된 곳이라고 한다.

그런 이유로 특별할 것 없는 조용한 이 마을에는 온통 하이디라는 동화 속 여자아이의 이름이 붙어 있었다.

어쩌다 만난 동네 주민이 빨간 화살표만 따라가면 하이디 하우스에 도착한다고 알려 주었지만 조금만 걷다가 역으로 다시 돌아가려고 했다.

얼마를 걸었을까… 이어지는 빨간 화살표는 나에게 계속 따라오라고 손짓을 하기 시작했다.

빨간 화살표의 유혹으로 결국 마을을 지나고, 어느새 나뭇잎을 흔드는 바

Vaduz
Heididorf
Heidiweg
Städtli
Weingut Pola

람과 워낭 소리가 들리는 풀밭에 이르렀다.

몸을 돌려 사방을 둘러보았으나 멀리 풀을 뜯는 소 몇 마리 외에는 아무것도 없었다. 나뭇잎 속에서 놀던 바람이 풀밭을 지나 내게 다가와서 몸을 비비더니 다시 나뭇잎 속으로 달아나곤 할 뿐이었다.

우람한 알프스를 배경으로 펼쳐진 마이엔펠트의 포도밭은 여리여리한 프랑스 알자스 지방의 포도밭과는 다르게 상당히 남성적이었다. 굵고 튼실한 포도알을 보니 알자스 지방에서 포도 서리를 하던 못된 버릇이 다시 꿈틀거리기 시작했다.

길을 걷는데 두런두런 말소리가 들려왔다. 그곳에는 '피노'라는 이름을 가진 큰 개와 귀여운 손주들과 함께 휴식을 취하시는 아주머니가 계셨다. '피노'라는 개의 이름은 와인 산지답게 '피노 블랑'이라는 와인의 이름에서 가져온 거라고 하셨다. 피노의 동생이 있다면 보나마나 '블랑'이겠다. 그들과 함께 한참 동안 편안한 시간을 보냈다.

다시 길을 걸었다. 들판으로 이어지던 오솔길은 조금씩 경사를 만들더니 산길로 변하고 있었다.

어느새 내 손에는 사내아이처럼 생긴 하이디가 프린트된 하이디 하우스의 입장권이 쥐어져 있었고, 결국에는 몇 명의 일본 단체 관광객들과 함께 산 중턱에 있는 하이디 하우스까지 열심히 돌아보고 있었다.

내려갈 때에는 올라온 길과 반대로 난 길로 내려왔다. 더 빠르다고 하이디 박물관 직원이 알려 주었다.

30

산을 오르리란 것은 생각을 못했기에 통굽의 앵클부츠를 신고 왔더니 발이 아파오기 시작했다. 결국 하이디 하우스 근처에 사신다는 어느 아주머니의 차를 얻어 타고 눈 깜빡할 사이에 기차역까지 내려왔다.

실은 이번 여행을 떠나기 전에 마음이 아주 많이 아팠었다. 마이엔펠트를 걷는 동안 신기하게도 그 아픔이 조금씩 사라지고 있음을 느꼈다.

착한 피노와 꼬마들 때문이었을까, 친절한 아주머니 때문이었을까, 훔쳐 먹은 포도알 때문이었을까, 혹은 알프스에서 불어오던 부드러운 바람 때문이었을까?

떠나오길 정말 잘했다.

마이엔펠트는 '위로'였다.

마이엔펠트는 포도밭과 소와 바람이 있는 평범한 시골일 뿐이다. 잘 찾아보면 두 명의 손주, 그리고 큰 개와 함께 그늘에 앉아계시는 아주머니 같은 할머니를 만날 수 있을 지도 모른다.

상실의 아픔을 안고 이곳에 왔다면 어쩌면 나처럼 위로를 받을 수 있을 지도 모른다.

- **취리히-자르간스**: 59분 by 기차.
- **자르간스-마이엔펠트**: 6분 by 기차.
- 거리상 리히텐슈타인의 파두츠와 함께 방문해도 좋은 곳이다.

- **하이디 마을**Heididorf:

마이엔펠트 역에서 도보로 2.3km 거리이지만 오르막길이니 더 소요될 것이다.

자동차로도 갈 수 있으며 하이디 마을 조금 아래에 넓은 주차장도 있다.

하이디 마을에는 하이디 집과 하이디의 오두막, 그리고 박물관이 있다.

하이디 마을은 3월 15일부터 11월 15일까지 매일 10시에서 17시까지 개장하지만 상황에 따라 변경이 되므로 홈페이지에서 미리 확인을 하고 가야 한다. 홈페이지에는 웹 카메라가 있어서 하이디 마을을 집에 앉아서도 실시간으로 볼 수가 있다.

하이디 마을 홈페이지: https://www.heididorf.ch/

비요일에는 기차를

아펜첼Appenzell

취리히에 종일 비가 내렸다. 내게는 아직 스위스 트래블 패스라는 무기가 남아 있기에 어딜 갈지 결정만 하고 기차나 버스, 또는 배에 오르고 내리기만 하면 된다.

취리히 호수에서 배를 탈까? 기차를 타고 시골길을 달려 볼까? 창밖을 바라보며 한참 동안 갈등을 했다.

여름에도 흐리거나 비가 내리면 상상 이상으로 추워지는 유럽인지라 이런 비요일에 물 위에서 배를 탄다는 건 춥기도 하지만 위험할 수도 있을 것 같고…

비 내리는 날은 역시 기차를 타는 게 정답일 것 같았다. 가장 스위스답다는 아펜첼*Appenzell*이라는 마을을 방문하기로 결정했다.

아펜첼 행 기차가 달리기 시작했다. 창밖에는 찬비를 맞으면서도 풀을 뜯고 있는 소들이 스쳐 지나갔다. 추울 텐데…

포근하고 안락한 기차 속에서 차가운 비를 피할 수 있음에 잠시 감사한 마음이 들었다.

날씨가 좋은 날에는 푸른 초원에서 풀을 뜯는 유럽의 소들이 그렇게나 부럽더니 이렇게 찬비가 내리는 날에는 사람으로 태어난 것이 또 이렇게 감사하다니. 사람의 마음은 참으로 간사하다.

고사우*Gossau* 역에서 기차를 갈아탔다. 앞에 앉은 쾌활한 스위스 여성이 관광 안내에 무척이나 적극적이었다. 고사우에서 아주 가까운 곳에 초콜릿 공장이 있으니 꼭 가 보라며 인터넷 검색까지 하더니 상세한 정보를 건네 주었다.

하지만 내가 탄 기차는 이미 고사우를 떠났고, 취리히로 돌아오는 길에 들르려면 아마도 문을 닫을 것이 뻔했지만 꼭 가 보겠다며 그녀가 준 정보를 감사히 받았다.

날씨가 궂어서 아무도 없을 거라는 생각과는 다르게 아펜첼 역에서 마을 중심을 향해서 얼마간을 걸으니 가이드의 말을 경청하고 서 있는 서양인 단체 여행객들이 보였다.

마을 초입에 들어서자 어디선가 날아온 비눗방울들이 빗방울과 함께 우산 위에 툭툭 떨어지고 있었다. 선물 가게 위에 앉은 장난감 곰의 짓이었다. 독일의 로텐부르크에서도 똑같은 곰이 광장 입구에서 혼자 비눗방울을 불고 있었던 기억이 났다. 알고 지내던 곰을 다시 만난 듯 반가운 마음이 들었다.

차량 통행이 금지된 마을의 중심지인 하우프트 거리*Hauptgasse*에 들어섰다. 길을 따라서 양 옆으로 많은 상점들이 있어서 쇼핑을 하거나 천천히 둘러보기에 좋았다.

CAFE
Wetter's
Spezialitäten-
Welt

Klarer
PARFUMERIE
KENNST DU DEN
ORIGINAL

flauderei
Bedacht
Hand
Kiosk
Löwen

비가 내리니 모든 상점들은 백열등으로 따뜻하게 불을 밝혀서 윈도우 쇼핑을 하는 사람들을 상점 속으로 유혹을 하고 있었고, 상점에서 흘러나온 불빛이 젖은 돌바닥에 내려앉으니 아펜첼의 모든 거리는 대낮에도 반짝반짝 빛을 내고 있었다.

상점마다 매달린 독특한 간판들은 빗속에서도 돋보이는 아이디어와 디자인으로 여행자의 시선을 끌고 있었다.

마을의 중심에 관광 안내소가 보였다. 관광 안내소의 간판에는 연기를 내뿜으며 달리는 증기 기관차 조형물이 장식되어 있었다. 간판과 장소가 무척 잘 어울린다는 생각을 하며 식당 정보를 얻기 위해서 관광 안내소에 들어갔다.

바닥이 빗물로 흥건해서 썰렁한 듯 했지만 직원들의 밝은 미소로 금세 실내 온도가 상승하고 있었다.

잠시 후, 트래킹 복장의 여성이 들어오더니 직원으로부터 수첩에 스탬프를 받아갔다. 뭘까? 궁금해서 직원에게 물었더니 '산티아고 순례길'처럼 오스트리아의 인스브루크*Innsbruck*를 시작으로 스위스의 아인지델른*Einsiedeln*까지 약 267km를 걷는 길에 바로 이 아펜첼 마을이 있다고 했다. 그러니 이곳 관광 안내소에서 순례자 여권에 스탬프를 찍어 준다는 것이다. 신기한 마음에 괜스레 나도 여권에 스탬프를 하나 받았다.

다시 비가 내리는 거리로 나왔다. 우산을 든 손이 시려오기 시작했다. 시린 손에 스카프를 둘둘 말아 보았지만 별 소용이 없었다. 뜨끈하고 얼큰한 국물 생각이 절로 났다.

관광 안내소 직원이 추천해 준 이탈리안 식당인 'Little Italy'를 찾아갔다. 밖

INFORMATION

이 훤히 보이는 창가 자리에 앉았다. 이 집의 시그니처 파스타를 주문하고 아쉬운 대로 핫소스의 대명사인 타바스코를 부탁했더니 내 마음을 읽은 여종업원이 파스타와 함께 다진 홍고추를 가져다주었다. 친절한 그녀는 그것이 타바스코보다 훨씬 나을 것이라고 말해 주었다.

뜨거운 파스타에 다진 홍고추를 얹어서 호호 불며 먹었더니 몸에 온기가 돌기 시작했다. 유럽 여행을 하면서 이렇게 뜨겁고 매운 음식을 먹어 본 것은 아무리 생각해봐도 이번이 처음이었다.

이탈리아의 트렌티노에서 온 피노 그리지오 한 잔을 홀짝이며 창밖으로 오가는 사람들과 추적추적 내리는 비 구경을 했다. 추위도 비도, 잠시 남의 일이 되어 버렸다.

더워진 몸으로 다시 빗속으로 들어갔다. 마을 중심의 장크트 마우리찌우스 성당*Pfarrkirche St. Mauritius*의 오래된 문에는 애석하게도 오후에는 열지 않는다는 메모지가 붙어 있었다. 성당 뒤로는 작은 마을답지 않게 대형 공동묘지가 여러 군데로 나눠져 있었고 그것도 모자라는지 납골당도 있었다. 묘비를 보니 이 마을에는 짧은 생을 살다가 가신 분들이 유난히 많았다.

묘지 옆으로는 개울물이 콸콸 흐르고 그 뒤로는 완만한 구릉지 위에서 풀을 뜯는 소와 가옥들이 그림 같은 풍경을 만들고 있었다. 구릉지 뒤로는 눈 덮인 알프스가 배경으로 펼쳐진다지만 비가 내리니 거대한 알프스는 뿌연 안개 속에서 없는 듯 그저 침묵하고 있었다.

아펜첼은 역사적인 건축물 구경도 좋겠지만 특별한 목적 없이 느리게 산책하는 것이 더 어울리는 곳이었다. 날씨가 좋으면 소들이 노니는 구릉지에 올라서 그림 같은 풍경의 일부가 되어 보는 것도 좋겠다.

- **취리히-고사우**: 1시간 5분 by 기차.
- **고사우-아펜첼**: 30분 by 기차.

- **초콜릿 공장 쇼콜라리움**Maestrani's Chocolarium:

165년 전통의 초콜릿 회사 마에스트라니에서 운영하는 초콜릿 공장이다. 특별한 경험을 하고 싶다면 아펜첼 가는 길에 들러보면 좋겠다.
이곳에서는 초콜릿 생산 과정을 참관할 수 있는 것은 물론, 초콜릿 시식과 나만의 특별한 스위스 초콜릿을 만들어 볼 수 있다. 이곳의 카페에서는 커피와 핫초코 등

각종 음료와 피자나 샌드위치도 판매하며 초콜릿 쇼핑과 다양한 문화 행사도 즐길 수 있다고 한다.

* 가는 방법:
취리히에서 아펜첼을 가려면 고사우 역에서 갈아타는데 고사우 역에서 기차로 약 5분 정도 소요되는 곳에 쇼콜라리움이 있는 플라빌Flawil 마을이 있다.
주소: Toggenburgerstrasse 41, 9230 Flawil, Swiss
홈페이지: http://www.chocolarium.ch/

• 아펜첼은 스위스 3대 치즈 중 하나인 아펜첼러Appenzeller 치즈로 유명한 곳이다. 아펜첼러 치즈에 관심이 있다면 아펜첼 근교에 위치한 치즈 공장 견학도 좋을 것 같다.
Appenzeller Schaukäserei(아펜첼러 치즈 공장):
아펜첼에서 기차+버스(180번)로 약 1시간 소요.
주소: Dorf 711, 9063 Stein, Swiss
홈페이지: https://schaukaeserei-stein.ch/

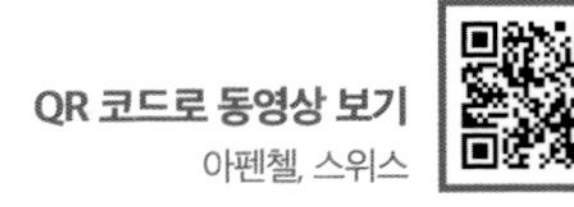

23 17:00 Gossau SG
Urnäsch Herisau
3 A
A

리히텐슈타인

Liechtenstein

세상에서 가장 심심한 수도

파두츠Vaduz

전부터 스위스나 오스트리아 등의 인근 국가에 갈 때마다 방문 계획을 했지만 늘 무산되곤 했었던 리히텐슈타인을 늦게야 방문을 하게 되었다.

총 면적이 160㎢로 세계에서 6번째로 작은 나라인 리히텐슈타인*Liechtenstein*은 스위스와 오스트리아 사이에 있는 산악 국가로 총인구가 4만 명에 미치지 못하는 아주 작은 나라이다.

리히텐슈타인은 낮은 세율로 인해서 재산 은닉과 조세 회피처 용도로 설립한 페이퍼 컴퍼니들이 많기에 여기에서 나오는 수입이 국가 수입원의 많은 부분을 차지한다고 한다.

우표 사업이 제1의 수입원이라고 알려져 있지만 현재는 우표로 인한 수입의 비중은 생각보다 크지 않으며 의외로 농업이나 경공업이 활발하다고 한다.

납세와 병역의 의무가 없으며 범죄와 실업이 없는 평화로운 나라인 리히텐슈타인의 공용어는 독일어이고, 수도는 파두츠*Vaduz*이며 스위스 프랑을 사용한다.

취리히에서 기차로 스위스 국경 마을인 자르간스*Sargans*까지 간 다음, 자르간스 역 바로 앞에서 다시 버스를 타고 리히텐슈타인의 수도인 파두츠로 이동했다.

리히텐슈타인은 일찌감치 스위스와 깊은 관계를 맺은지라 파두츠 행 버스에 오르면서 혹시나 하고 버스 기사님께 스위스 트래블 패스를 언급하니 스위스 트래블 패스가 있으면 버스 요금을 내지 않아도 된다고 했다.

버스는 자르간스 역에서 나오는 사람들을 차곡차곡 싣더니 시골길을 달렸다. 안내 방송이 있었는지 없었는지도 모르겠다. 있었다고 할지라도 어차피 독일어였을 테니 없는 것과 마찬가지다. 어디쯤이 국경인지, 언제쯤 국경을 통과했는지 도무지 알 수가 없었다.

드디어 리히텐슈타인의 수도인 파두츠에 도착을 했다. 버스에서 내려서 조금 걸으니 관광 안내소와 우표박물관이 나왔다. 아주 작은 나라인지라 중요한 건물들이 다 지척에 모여 있었다. 가장 먼저 방문한 관광 안내소에서는 파두츠 관광 지도를 무료로 받을 수 있으며 우표와 코인 등 기념품을 살 수도 있고 리히텐슈타인 방문 기념 스탬프를 받을 수가 있다. 나도 3프랑을 내고 여권에 방문 기념 스탬프를 찍었다.

근처의 우표 박물관은 우편제도의 발달사와 다양한 우표들을 이슈별로 잘 기획해서 전시되어 있었지만 방문자는 한 사람도 없었다.

방명록에는 페이지마다 죄다 중국어가 적혀 있었기에 나는 한글로 크게 몇 자 적고 나왔다. 중국인들이 가지 않는 곳은 아마도 지구상에는 없는 듯.

전에 체코의 레드니체라는 작은 마을을 방문했을 때, 리히텐슈타인 가문의 여름 별장인 레드니체 성의 화려함을 접한 적이 있었던지라 수도인 파두츠도 어느 정도는 화려할 것이라고 기대를 했었다.

하지만 유럽 어느 국가의 수도라고 하기에는 파두츠의 건물들은 화려하거나 고풍스럽지도 않았으며 볼거리도 그다지 없었다. 그렇기에 관광객도 별로 보이지 않았으며 거리는 조용했다.

썰렁하고 밋밋한 마을에는 명품 브랜드 매장들이 어울리지 않게 늘어서 있었으며 이 마을에도 꼬마 기차가 다니고 있었다.

언덕 위에 파두츠 성이 있지만 왕실 가족이 거주하는 사유지여서 일반인에게 개방이 되지 않으니 올라가 봤자 헛수고만 한다.

길 끝에 있는 성 플로린 성당Kathedrale St. Florin은 멀리서 잠시 바라만 보는 것으로 눈도장을 찍었다.

그동안 벼르기만 하던 리히텐슈타인에 입성을 한 것만으로도 큰 만족을 하며 돌아가는 버스 정류장으로 발걸음을 돌렸다.

- **취리히-자르간스**: 59분 by 기차.
- **자르간스-파두츠 포스트**: 23분 by 12번 버스.
- 파두츠 행 버스는 11번과 12번이 있는데 12번 버스가 더 빠르다.

오스트리아

Austria

알프스를 넘어서

포랄베르그Vorarlberg

취리히 중앙역을 출발한 기차는 국경을 넘어 알프스의 어딘가를 마구 달리고 있었다.

나지막해서 평화로워 보이는 구간을 지나자 험준한 산악 지대가 나타나기를 반복했다.

우뚝 솟은 알프스는 거대한 지붕이 되어 그 아래의 것들을 짓누르고 있었다. 기차가 지나가는 철로 옆의 산은 금세라도 무너져 내려와서는 내가 탄 기차를 냉큼 삼켜 버릴 것만 같았다.

가파른 산이 철로와 바짝 붙어 있으니 산을 올려다보고 있노라면 모가지가 부러질 것처럼 아팠지만 구름이 알프스의 허리를 감싸는 풍경은 가히 장관이어서 자주 가쁜 숨을 들이쉬며 감탄사를 내뱉곤 했다.

구글 지도에서의 내 위치가 알프스 산맥 속에서 동쪽으로 조금씩 움직이고 있었다. 이런 깊은 산 속에서도 GPS가 잡히는 게 신기할 뿐.

옆자리 트레킹복 차림의 독일 아주머니께서 이 지역은 알프스 산맥과 빙하가 아름다운 포랄베르그*Vorarlberg* 지역이라고 알려주셨다.

인스브루크를 거쳐서 헝가리의 부다페스트로 가는 기차인지라 손님이 많았다. 기차표를 사면서 좌석표까지 미리 사지 않았더라면 서서 갈 뻔 했다.

기차는 인스브루크를 향해서 달리고 또 달리고 있었다.

11301
SYLT

로지 아줌마네

인스브루크 Innsbruck

알프스 산맥 사이를 칙칙폭폭 달리던 기차는 그 산맥의 동쪽에 위치한 오스트리아의 인스브루크 역에 무사히 도착을 했다.

오스트리아의 수도인 빈에서 약 450km 떨어진 곳에 위치한 인스브루크는 알프스로 둘러싸여 풍광이 빼어난 곳이며 동계 올림픽을 두 번이나 개최한 곳으로도 유명하다.

인스브루크에서의 내 숙소는 동계 올림픽 때 사용한 스키 점프대가 있는 곳에서 가까운 곳에 위치하고 있었다.

나무가 울창한 어느 전원주택 앞에 택시가 멈추자 호스트인 로지 아줌마가 대문까지 나오셔서 따뜻하게 반겨 주셨다.

전업 주부가 호스트인지라 집이 무척 깔끔했다. 잔디가 잘 다듬어진 정원에는 사과나무가 자라고 있었고, 그 옆에는 누가 사용하는지 모를 유아용 풀장이 있었다.

오래된 라디오가 있는 깔끔한 주방과 욕실, 세 개의 방이 있는 1층 전체가 6일 동안 나의 집이 되어 줄 곳이고, 지하는 세탁실, 2층은 로지 아줌마 부부가 사용한다.

내 방의 창문으로는 초록 잔디가 깔린 정원이 보이고 비가 조금씩 내리기 시작하는데도 고양이 두 마리가 정원에서 놀고 있었다.

백열등이 끼워진 작은 플로어 램프와 빨간 러그가 깔린 방은 마치 내 집에 돌아온 듯 전혀 어색하지 않은 따뜻하고 포근한 느낌이었다.

• **취리히-인스브루크**: 3시간 30분 by 기차.

CHAT
NOIR
PEACE

나 홀로 축배를

인스브루크Innsbruck

때로는 계획과 다르게 흘러가는 게 여행이긴 하지만 늘 그래왔듯이 절실히 원하는 곳에는 기필코 오게 되더라.

그동안 나에게 무슨 일이 있었던 건지 사진의 힘이란 것이 참으로 대단하다는 것을 잊고 산 지가 꽤 되었지만 인스브루크는 결국 사진 한 장의 유혹으로 결정한 여행지이다.

오스트리아는 수도인 빈을 비롯해서 이미 여러 곳을 방문했지만 인스브루크는 지도상에서 스쳐 지나가기만 했을 뿐 전혀 아는 것이 없었다. 소도시 여행을 계획하면서 그제야 알프스 자락에 위치한 인스브루크라는 곳이 눈에 들어왔다.

로지 아줌마로부터 숙소 안내를 받고 짐을 푼 후에 곧바로 인스브루크 구경에 나섰다.

비가 오락가락하는 오스트리아는 스위스만큼이나 날씨가 쌀쌀했다.

개선문*Triumphpforte*을 지나서 마리아 테레지아 길*Maria-Theresien-StraBe*을 따라 성 안나 기념탑*Annasäule*, 시티 타워*Stadtturm*를 지나서 번쩍이는 황금 지붕*Goldenes Dachl* 앞에 다다랐다.

인스브루크 구시가지의 건물들은 길을 중심으로 파스텔 톤의 4~5층 건물들이 병풍처럼 양쪽으로 나란히 서 있는데 퇴창이 달린 건물들이 상당히 입체적인지라 마치 수직으로 늘어선 주상 절리처럼 보이기도 했다.

거기에 유수한 세월의 흔적이 묻어 있으니 고풍스러운 인스브루크의 건물들은 사람을 묘하게 끌어당기는 힘이 있었다.

황금 지붕이 있는 메인 길에서 작은 길로 들어서니 Kiebachgasse와 Seilergasse의 두 길이 만나는 골목길은 축제인 듯 아닌 듯, 무슨 날인지 모르겠지만 온통 포장마차가 들어서 있었고 사람들로 북적이고 있었다.

좁은 골목길 위에서 사람들은 오크 와인통을 테이블 삼아 선 채로 와인을 마시며 대화를 하거나 악기 연주를 하고 있었다.

오스트리아의 슈타이어마르크*Steiermark* 지방에서 재배한 버섯을 담은 상자들이 가득한 어느 포장마차에서는 볶은 버섯을 얹은 구운 빵에 치즈 가루를 뿌려서 팔고 있었다. 축축한 공기를 타고 그 냄새가 얼마나 고소하게 퍼지던지… 유혹에 이끌려서 나도 모르게 줄을 섰다.

신선한 버섯볶음을 올린 보잘것없는 빵 한 조각과 같은 테이블의 낯선 이들이 추천해 준 와인 한 잔으로 인스브루크 입성을 자축했다.

• **슈트루델**Strudel:

얇은 반죽 층이 있는 페이스트리 속에 여러 가지 과일이나 치즈 등을 넣어서 만든 오스트리아의 빵으로 체코나 크로아티아 등의 나라에서도 맛을 볼 수가 있으나 오스트리아가 원조이며 가장 맛있다고 한다.

인스브루크에서는 황금 지붕을 바라보며 우측으로 난 골목길에 있는 '슈트루델 카페 크롤Strudel Café Kröll'에서 시나몬 향의 애플 슈트루델을 사먹었는데 무척 맛있었다. 로지 아줌마께도 사드렸더니 인스브루크에서 유명한 카페의 슈트루델이라고 아주 좋아하셨다.

• **관광 명소:**

개선문Triumphpforte, 성 안나 기념탑Annasäule, 시티 타워Stadtturm, 황금 지붕Goldenes Dachl, 장크트 야곱 대성당Dom zu St. Jakob, 호프부르크 왕궁Hofburg, 티롤 민속박물관Tiroler Volkskunstmuseum, 스와로브스키 크리스탈 월드Swarovski Kristallwelten, 노르트케테Nordkette.

FFP
FREYWILLE
HUSSEL
GASTHOF
HOTEL WEISSES KREUZ

Kapferer

BAR
PIZZA

WETTER CAFE
NOTAR
ANTIQUITÄTEN Mayr
GASTHOF GOLDENE

M.ANNA.ET
M.CHRISTINA.
P
50m
SAUBERE
UMWELT
SAUBERE
POLITIK

TIROL
GENIESSEN
TIROL
GENIESSEN
TOMASELLI
PROMETHEUS

Seit 1810
Starkenberger
Natürlich aus Tirol
ASPIRIN C

춤추는 인스브루크

인스브루크Innsbruck

인스브루크를 제대로 돌아보기 위해서 인스브루크를 360도 전망할 수가 있는 시티 타워*Stadtturm*에 올랐다.

계단이 153개라고 하니 오르기엔 별 무리가 없는 높이였다. 그런데 첨탑 전망대는 한 사람이 서 있으면 꽉 찰 정도로 폭이 좁으니 어찌나 무서운지 심장 박동이 빨라지기 시작했다.

겨우 진정하고 아래를 내려다보니 인스브루크가 시원하게 펼쳐져 있었고, 멀리 스키 점프대 뒤편의 산에는 회색 구름이 연기처럼 피어오르고 있었다.

바로 아래에는 1500년에 지었다는 황금 지붕*Goldenes Dachl*과 수많은 꽃 장식으로 화려함의 극치를 보여 주고 있는 헬블링 하우스*Helbling Haus*가 눈에 들어왔다.

타워에서 내려와 포장마차 골목길을 한 번 더 돌아본 후에 인*Inn* 강을 보러 갔다. 비가 계속 내려서 흙탕물일 것 같은 인 강물은 빙하와 석회질이 섞여서 내려오는지라 희뿌연 색이었다.

이날, 인스브루크에서는 춤 축제가 있었다. 구시가지 곳곳에서 여러 종류의 춤을 추는 무리들을 볼 수가 있었다. 음악이 시작되면 아무나 나와서 춤을 춰도 상관이 없었다.

성 안나 기념탑 앞에서는 청년들이 라인 댄스를 추고 있었다. 구경을 하다가 흥에 겨워서 휠체어를 밀면서 춤을 추는 사람도 재미있었지만 젊은 취객이 뛰어 들어와서 흐름을 끊어 버리는데도 화를 내는 사람이 없다는 것이 참으로 신기했다. 춤을 추던 사람들은 오히려 그 주책스러운 취객에게 춤을 가르쳐 주기까지 했다.

인스브루크를 한 바퀴 돌고 오니 이번에는 포크 댄스가 한창이었다. 꼬마도 여행자도 청소부도 모두 손을 맞잡고 음악에 맞춰서 흥겨운 춤을 추고 있었다.

숙소로 돌아가는 길, 황금 지붕 앞에서는 3인조 버스커들이 로맨틱한 음악을 연주하고, 이탈리안 식당의 노련한 웨이터는 와인 잔을 담은 쟁반을 한 손으로 든 채로 들어오라 유혹을 하고 있었다.

• **헬블링 하우스**Helbling Haus:

인스브루크 구시가지의 일반적인 고딕 건물들과 달리 도자기를 연상시키는 로코코 스타일의 아름다운 건물이다. 15세기에 지어져서 18세기에 외관을 정교하게 장식했다. 현재 실내는 개인 아파트와 사무실이 들어서 있어서 외부에서만 감상이 가능하다. 구시가지 황금 지붕 건너편의 대각선 방향에 위치한다.

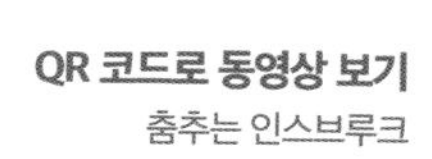

HANDL

NORZ
NORZ

PALMERS
HUMANIC
TYROLIA
BONITA

IL GUSTO
SPECIALITÀ ITALIANE
DA LEONARDO
Partyservice
MARELL

드디어 열린 하늘

인스브루크Innsbruck

인스브루크에서는 계속 날씨가 좋지 않았다. 비가 너무 내려서 숙소에 갇혀서 갈등하며 지낸 시간도 많았다. 그동안에 태양을 찾아서 이탈리아 시골 마을에도 다녀왔다.

인스브루크는 사방이 알프스로 둘러싸인 도시이기에 날씨가 흐리니 인스브루크의 어디에서나 구름이 허리에 걸린 알프스 산을 볼 수가 있었다. 처음에는 감탄을 했지만 며칠 동안 회색 풍경 일색이니 결국에는 산허리에 걸린 구름도 지겨워지고 있었다.

드디어 4일 만에 인스브루크에 비가 그치자 그동안 아껴두었던 인스브루크 카드를 개시하기로 하고 우선 인스브루크의 '북쪽 산맥'이라는 뜻을 가진 노르트케테*Nordkette*에 오르기로 했다.

인스브루크는 여전히 구름에 가려져 있었지만 길을 나서니 다행스럽게도

조금씩 하늘이 열리고 있었다.

아침에 로지 아줌마가 날씨가 안 좋으니 노르트케테에는 다음날 가라고 하셨지만 고집을 부려서 나온 것인데 내 결정이 옳은 것 같아서 걷는 내내 발걸음이 아주 제대로 신이 났다.

마리아 테레지아 거리를 걸어서 황금 지붕을 스쳐 지나고, 호프부르크 왕궁을 뒤로 하고 다시 얼마간을 걸으니 인스브루크 의회 건물이 보였다.

1. 의회 건물 바로 옆의 노르트케테 케이블카 승강장에서 인스브루크 카드를 개시하고 푸니쿨라를 탔다.

2. 잠시 후, 푸니쿨라는 훈거부르그*Hungerburg*에 도착을 했다.

산 아래로 인Inn 강이 인스브루크를 U자로 휘어서 흐르고 햇빛 아래의 건물들이 또렷이 시야에 들어왔다.

인Inn 강과 다리Brücke라는 두 단어를 합성한 것이 바로 이 도시의 이름인 인스브루크Innsbruck이다.

이것을 알고 있으면 '인스브루크'를 '인스부르크'라고 잘못 표기할 일은 절대로 생기지 않을 것 같다.

3. 이번엔 케이블카로 갈아타고 다음 정차역인 해발 1,905m인 제그루베Seegrube로 오르기 시작했다.

케이블카가 소와 양이 뛰노는 초록색 산비탈을 오르고 무성한 나무들 위로 오르자 하늘이 수시로 변하더니 시야는 구름으로 완전히 가려져 버렸다.

눈으로 덮인 제그루베에 도착하자 다시 구름이 걷힌 인스브루크의 파노라

마가 펼쳐지고 있었다. 변화무쌍한 하늘은 그야말로 장관이었다.

9월 초순임에도 제그루베의 식당 지붕에는 고드름이 달려 있는 것이 완전한 겨울이었다.

4. 다시 케이블카로 해발 2,256m의 하펠레카르*Hafelekar*로 이동할 때에는 경사가 더욱 심해지더니 케이블카 아래에 드문드문 보이던 초록색은 어느새 사라져 버리고 산은 완전히 두꺼운 눈으로 덮여 있었다.

드디어 하펠레카르에 도착을 하고 조금 걸어 오르니 노르트케테의 정상인 해발 2,334m의 하펠레카르슈피체*Hafelekarspitze*가 기다리고 있었다.

눈이 쌓여 있어서 발이 푹푹 빠졌다. 며칠 동안 산 아래에 비가 내릴 때에 여기엔 그만큼 눈이 왔었나 보다.

누군가가 만들어 둔 앙증맞은 눈사람이 인스브루크를 내려다보고 있었다.

이런 겨울을 예상을 못했는지 반바지 차림으로 올라온 어느 청년이 모든 사람들의 관심을 끌기도 했다.

노르트케테에서 한겨울을 만끽하고 다시 시내로 내려오니 하늘은 푸르고 햇빛은 유난히 좋았다. 실로 오랜만에 보는 태양이었다. 햇살이 건물에 부딪히니 건물들은 드디어 입체적으로 빛나고 있었다.

개시한 인스브루크 카드로 호프부르크 왕궁*Hofburg*, 티롤 민속박물관*Tiroler Volkskunstmuseum*을 둘러보았다.

• **인스브루크 카드:**

24, 48, 72시간 권이 있다.

인스브루크 카드로는 인스브루크의 모든 대중교통, 박물관과 케이블카를 이용할 수가 있으며 스와로브스키 크리스탈 월드 입장과 왕복 셔틀버스 이용, 그리고 구시가지의 풍경을 조망할 수 있는 시티 타워의 입장도 가능하다.
숙박업소나 관광 안내소에서 구매할 수 있다. 나는 시티 타워 1층에서 구매했다.

KLETTERSTEIG
FIXED ROPE ROUTE
15 min
INNSBRUCKBLICK
INNSBRUCK VIEW
15 min
KARWENDELBLICK
KARWENDEL VIEW
5 min

MEISTER

ALTSTADTBEISL
Herzog-
Friedrich-
Straße
19

ROSSIGNOL

이탈리아

Italy

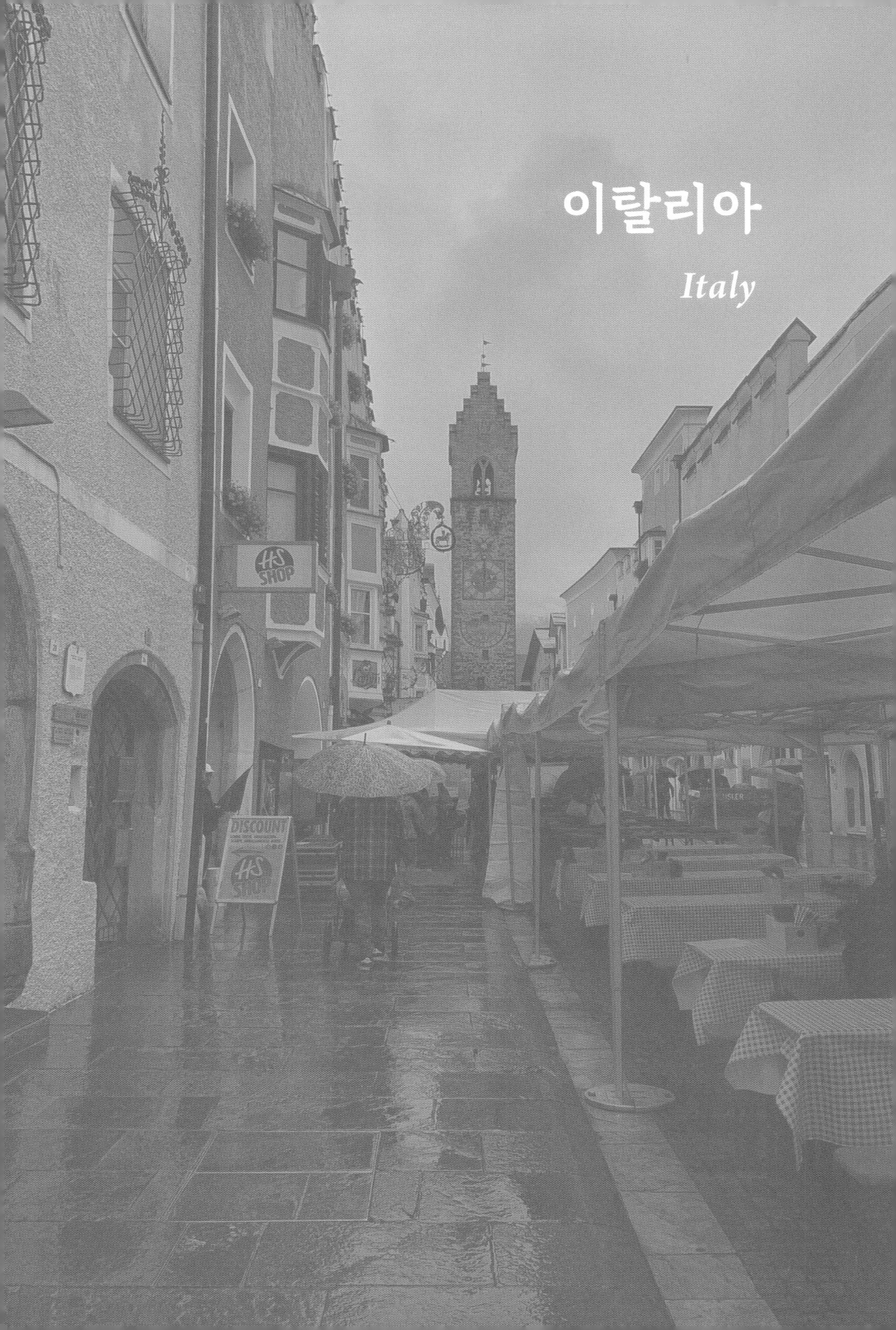

첫눈

비피테노Vipiteno(스테르찡Sterzing)

인스브루크에 비가 내리니 기온이 뚝 떨어졌다. 로지 아줌마가 라디에이터를 하나 더 가져다 주셨기에 실내에서는 아주 따뜻하게 지낼 수가 있었지만 바깥은 거의 겨울 수준이었다.

비는 그칠 생각이 없어 보였다. 정원에서 놀던 고양이 두 마리도 빗줄기가 굵어지니 어디로 숨어 버렸고, 빗줄기가 사과나무에 떨어지니 대롱대롱 매달린 작은 사과들이 금세라도 잔디 위로 뚝뚝 떨어질 것 같았다. 가끔 요란한 천둥소리도 들리곤 했다.

주방 창문에 턱을 괴고 취리히에서 한 것보다 더 많은 갈등을 했다. 이렇게 심한 비요일에는 도대체 어디로 가야 할지… 뭘 해야 할지… 막막할 뿐이었다.

태양을 찾아서 이탈리아로 넘어가 보기로 했다. 구글 지도에서 인스브루크와 가장 가까운 거리에 있는 이탈리아 북쪽의 마을을 찾아냈다. 사진으로 본 마을은 제법 예뻐 보였다. 그곳에서는 따뜻하고 찬란한 태양도 즐기고 오리지널 이탈리안 파스타도 먹고 오리라.

인스브루크 역에서 기차표를 사서 북이탈리아의 시골 마을로 가는 기차에 무작정 몸을 실었다.

앞자리에는 1주일간의 휴가로 여행 중이라는 스위스 남성이 앉아 있었다. 남성의 배낭 뒤에는 커다란 꽃다발이 꽂혀 있었다. 비에 젖을 새라 꽃다발은 포장지로 다 싸여 있어서 무슨 꽃인지 알 수는 없었지만 꽃을 선물하는 낭만적인 유럽인들을 보며 유럽에서 산다면 꽃집을 해야겠다던 몇 년 전의 생각이 다시 기어 나오기 시작했다.

이 계절에는 보통 이렇게까지 춥지는 않다고 스위스 남성이 말했다. 비가 내리니 해발 1,400m 이상의 산에는 눈이 내렸다고 그가 덧붙였다.

기차의 유리창에 빗물이 줄줄 흐르는 걸 보던 그가 이탈리아에도 이렇게 비가 내릴 것 같다는 불길한 예언을 했다.

기차가 달리자 유리창에 부딪히던 빗줄기는 사선을 그으며 더욱 빠르게 흘러내리기 시작했다.

잠시 휴대폰에 집중을 하던 중이었다. 웅성대는 사람들 소리에 문득 머리를 들어 창밖을 바라보았다.

세상에~ 잠깐 사이에 도대체 누가 마법을 부렸는지 창밖에는 하얀 눈이 펑펑 내리고 있었다. 9월 8일, 유럽에서 만나는 첫눈이었다!

앞자리의 스위스 남성을 비롯, 기차에 탄 모든 사람들은 환호와 웃음으로 시끌벅적하게 첫눈을 환영하고 있었다.

초록색 들판에 하얗게 눈이 내린 풍경은 난생 처음이었다. 누군가《겨울 왕국》의 OST인 'Let it go'를 흥얼거리고 있었다.

태양을 찾아서 떠났건만 기차는 한겨울 속으로 들어가고 있었다.

덤플링 축제

비피테노Vipiteno**(스테르찡**Sterzing**)**

갈아타는 역인 이탈리아의 브렌네로*Brennero(독일식: Brenner)* 역에 내렸다. 스위스 남성도 나와 같은 기차로 갈아탄다기에 그를 쫓아서 가면 되었다. 꽃다발을 배낭에 꽂고 가는 남성의 뒷모습이 무척 인상적이었다.

브렌네로에도 조금씩 눈이 내리고 있었고, 늦여름의 초록 나무들은 첫눈으로 덮여 있었다. 기차역 플랫폼에는 이미 겨울옷을 꺼내 입은 현지인들이 대부분이었다.

갈아탄 기차가 목적지인 이탈리아의 비피테노*Vipiteno* 역에 정차를 하니 스위스 남성의 예언대로 눈 대신에 다시 비가 내리고 있었다.

독일명으로는 '스테르찡*Sterzing*'인 '비피테노*Vipiteno*'는 이탈리아의 가장 북쪽, 그리고 오스트리아의 남서쪽 국경에 접한 남 티롤 지방의 작은 마을이다.

이탈리아의 가장 아름다운 100개의 마을 중 하나인 비피테노는 약 7,000명의 주민들이 살며 70% 이상이 독일어를 사용한다. 그래서인지 비피테노 기차역에는 'Sterzing'이라는 독일어 이름이 역사의 정면에 새겨져 있었고, 비피테노에 대한 내 질문에 대답을 해 주던 인스브루크 역의 역무원은 '스테르찡' 이라는 독일식 이름으로 한 번 더 확인을 해 주었었다.

비피테노 역 앞에서 노란 버스를 타고 기사님께 마을 센터에 내려 달라고 부탁을 했다. 버스는 금세 마을 센터에 도착을 했고, 버스 정류장에서 몇 걸음 안 걸으니 바로 구시가지로 통하는 골목길이 나왔다.

경사진 골목길로 이어지는 구시가지 마을에도 어김없이 차가운 비가 내리고 있었다.

우산에 구멍이 났는지 빗물이 떨어지더니 정수리를 적시기 시작했다. 실은 몇 년 전부터 조금씩 비가 새던 우산이었지만 미련하게도 가볍다는 장점에 쉽게 버리지 못하고 여행 때마다 가지고 다니던 우산이었다.

마을의 가게에 들어가서 새 우산부터 샀다. 10년 이상 함께 유럽을 여행했던 정든 우산을 이탈리아의 어느 낯선 아저씨에게 맡기고 가게를 나서니 불안함과 섭섭함이 훅 밀려왔다. 그래도 우산 속에서 더 이상 비를 맞을 일이 없단 것에 큰 위안을 받기로 했다.

가는 날이 장날이라더니 비피테노는 빗속에서 축제 중이었다. 구시가지의 메인 길에는 온통 천막들이 들어서 있었으며 애석하게도 천막들은 구시가지 중심에 있는 아름다운 중세 건물들을 거의 다 가리고 있었다. 그럼에도 그 아름다움을 온전히 숨길 수는 없는 듯, 드문드문 보이는 마을은 구글 지도에서 미리 사진으로 접한 것 이상으로 무척 아름다웠다.

HS SHOP
DISCOUNT
HS SHOP

포장마차에서 음식을 팔거나 악기를 연주하는 주민들은 모두 전통 의상을 입고 있었다. 역시 전통 의상을 입은 어느 여성에게 물어보니 오늘이 바로 덤플링 축제일이라고 했다.

덤플링은 밀가루 반죽을 동그랗게 빚어서 고기 국물에 삶아낸 것으로 유럽에서 자주 볼 수 있는 음식이다. 채소나 고기와 함께 반죽하지만 탄수화물 덩어리 같아서 나는 덤플링을 좋아하지 않는다.

그 여성의 말에 의하면 덤플링 축제는 매년 9월의 두 번째 일요일에 열리는 축제이며 작년에는 날씨가 화창했는데 올해는 눈과 비에 축제가 엉망이 되었으니 내년에 꼭 다시 오라고 당부했다. 또한 덤플링 축제인 오늘은 이 마을 전역에서 덤플링을 먹어볼 수가 있다고도 했다. 그녀는 덤플링을 먹을 수 있는 것이 마치 큰 행운이란 듯이 말을 했다. 그 말이 이 마을에서는 이날 하루 동안 마을의 모든 식당에서는 오로지 덤플링만 판매한다는 뜻인 줄은 나중에 파스타를 먹으러 들어가서야 알게 되었다.

골목길의 파스타 식당에서 이탈리안 파스타 대신에 꾸역꾸역 덤플링을 먹고 나왔다. 마을은 온통 덤플링 지옥이었다.

비피테노는 천막과 비로 인해서 제대로 구경을 못했기에 날이 좋을 때에 다시 한 번 방문하고 싶을 만큼 예쁜 마을이다. 하지만 9월 두 번째 일요일, 즉 덤플링 축제 때에는 아무리 예쁜 마을이어도 방문하지 않는 걸로. 달력에 동그라미를 크게 그려 둘 것이다.

• **인스브루크-브렌네로**: 41분 by 기차.

• **브렌네로-비피테노**: 19분 by 기차.

• **성령 교회**Chiesa Santo Spirito:

마을 광장에 위치한 1399년에 지어진 고딕 양식의 작은 교회이며 1402년에 그려진 프레스코화가 아름다운 곳이다.

• **열두 탑**Torre delle Dodici:

1468~1472년에 세워진 높이 46m의 화강암으로 된 시계탑으로 마을에서 가장 높은 건물이며 마을을 구시가지와 신시가지를 나누는 상징이기도 하다.

열두 탑이라는 이름은 이 탑에서 12시에 마을 주민들의 점심시간을 알리는 종을 친다고 해서 생긴 것이라고 한다.

1867년 화재로 인해 원래의 첨탑이 파괴되었으며 후에 현재의 모습으로 바뀌었다.

반짝이는 마을

브레사노네Bressanone(**브릭센**Brixen)

그렇게나 비가 내리더니 인스브루크를 떠날 때가 되어 가니 날씨가 점점 좋아지고 있었다. 인스브루크는 대충 다 돌아 본 것 같았다.

기차를 타고 다시 국경을 넘어 이탈리아 북쪽의 작은 마을인 브레사노네*Bressanone*에서 점심을 먹고 오기로 했다.

원래 브레사노네는 오스트리아에 속했으나 1919년에 이탈리아의 땅이 되었다고 한다. 그렇기에 독일명인 브릭센*Brixen*으로 더 통하고 있는 브레사노네는 전날 방문을 했던 비피테노와 마찬가지로 주민의 70% 이상이 독일어를 사용한다.
브레사노네 역시 그저 구글 지도를 보면서 인스브루크에서 가장 가까우면서 교통이 편리한 이탈리아의 작은 마을을 찾던 중에 발견한 곳이다.

인스브루크에서 브레사노네까지는 기차를 갈아탈 일도 없으니 편하게 창

밖 구경이나 하다가 내리면 되었다.

기차는 오스트리아를 달리더니 어느새 국경을 넘어 이탈리아의 어느 마을에 정차했다. 기차의 창밖으로는 허벅지에 총을 찬 이탈리안 국경 수비대원들이 걸어 다니고 있었다.

다시 얼마간 기차가 달리더니 브레사노네에 도착을 했다. 역사를 통과하고 밖으로 나왔더니 뭔가 싸한 느낌이 들었다.

사람이라고는 거의 보이지 않는 이 마을에서 겨우 만난 아저씨를 붙잡고 마을 중심으로 가는 길을 물었다. 좀은 의아한 표정이 아저씨의 얼굴을 스치는 것 같았지만 원래 그런 표정의 사람이려니 했다.

큰 개울물이 콸콸 흐르는 풍경을 보며 마을 중심으로 들어갔으나 거기까지가 전부였으며 더 걸어가 보아도 삭막한 마을일뿐이었다.

멋스럽지 않은 주택가에서 만난 동네 여성으로부터 들은 이 마을의 정체는 브레사노네가 아닌, 전날 비피테노*Vipiteno*에 갈 때에 기차를 갈아탔던 역인 브렌네로*Brennero*라는 마을이었다.

아… 엉뚱한 역에 내린 것이었다. 좀 전 그 아저씨의 표정이 그제야 이해가 되었다.

도대체 기차에서 무슨 생각을 하고 있었기에 이런 실수를 한 것인지… 갈아타지 않는다고 좋아했건만…

동네 여성은 기차역으로 돌아가기에는 너무 멀리 와 버렸다며 버스를 추천했다.

마을을 벗어나서 과연 버스가 정차하는 곳인지 의구심이 드는 외진 정류장에서 브레사노네 행 버스를 기다렸다. 가끔 버스와 자동차가 휙휙 지나가곤 했지만 내가 서 있는 정류장에는 한참 동안 아무 것도 서지 않았다. 마치 햇볕이 쨍쨍 내리쬐는 사막의 한가운데에 혼자 서 있는 것 같았다.

기차역으로 되돌아가려던 순간, 드디어 버스가 나타났다. 현지인들을 가득 태운 이탈리아의 시골 버스는 브레사노네를 향해서 비틀거리며 달리기 시작했다.

버스가 브레사노네 근처에 이르자 도로 옆으로 키 작은 사과나무들이 자라고 있는 과수원이 보였다. 예전에 내가 살던 동네에서 조금만 걸어가면 조롱조롱 배가 달린 과수원이 있었기에 수확을 기다리고 있는 이곳의 과수원을 보니 마음이 편안해지기 시작했다.

시골 버스는 무사히 브레사노네에 도착을 했다. 마을 속으로 들어가니 브레사노네는 너무나 예쁜 모습으로 나를 반겨 주고 있었다.

오후의 눈부신 햇살이 은은한 파스텔 톤의 건물에 내려앉으니 마치 조명을 받은 영화의 세트장처럼 브레사노네는 반짝이며 빛을 내고 있었다.

아름다운 산과 파란 하늘은 골목길 끝에서 배경이 되어 주고 있으니 브레사노네는 구성이 완벽한 한 폭의 풍경화였다. 가슴이 설레기 시작했다.

배부터 채운 후에 마을을 다시 돌아보기 위해서 'Pizzeria Kutscherhof'라는 식당의 노천 좌석에 자리를 잡고 앉았다.

연한 송아지 고기로 만든 슈니첼에 크랜베리 잼을 얹어 먹으니 그동안의 슈니첼은 잊어버려도 될 만큼 최고의 맛이었다. 면보에 곱게 싸서 슈니첼에 올려둔 레몬 조각은 그 정성만으로도 기분이 좋아졌다.

행복한 포만감을 느끼며 다시 길을 나섰다. 두 개의 노란 시계탑이 있는 브레사노네 두오모*Duomo di Bressanone*를 구경하고, 마을을 한 바퀴 돌아서 아케이드가 길 양쪽으로 이어진 뽀르띠치 길*Via Portici Maggiori*에 이르니 식당과 아이스크림 가게 등 예쁜 상점들이 많아서 슬슬 구경을 하며 걸어도 좋았다.

중세에는 망루로 사용이 되었던 하얀 탑*Torre Bianca*을 지나 고대부터 사용된 다양한 약초를 경험할 수 있는 브레사노네 약국박물관*Museo della Farmacia di Bressanone*에 들렀다. 전시된 모든 물건들과 약은 수세기 동안 사용되어진 것들

Adler
Café

Adler
Café

SCHÜTTELBROT
PANE CROCCANTE
Bio Schüttelbrot

이라고 했다.

약국박물관을 나와서 길 끝의 독수리 다리*Ponte delle Aquile*에 오르니 폭이 좁은 이자르코*Isarco* 강물이 개울물처럼 흐르고 있었다.

브레사노네는 놀라울 만큼 아름다운 곳이었다. 푸른 하늘과 두둥실 구름만으로도 이미 충분히 가슴 설레었지만 조용한 골목길을 걸으며 다양한 컬러로 채색이 된 남 티롤 지방의 가옥을 구경하는 것은 무척 큰 즐거움이었다.

그리 높지 않은 산으로 둘러싸여서인지 포근한 기운이 감도는 브레사노네는 예쁜 이야기가 많을 것 같은, 여행 중 가장 좋았던 작은 마을 중 하나다.

- **인스브루크-브레사노네:** 1시간 26분 by 기차.

• **브레사노네 두오모**Duomo di Bressanone:

10세기에 건축되었으나 1745~1754년에 바로크 양식으로 재건된 성당으로 파이프 오르간이 유명하다. 본당의 천장에는 어린 양의 경배를 묘사한 프레스코화가 있다.

• **하얀 탑**Torre Bianca:

대성당 근처의 높이 72m의 아름다운 탑이며 마을의 랜드마크이다. 옛날에는 탑지기가 살았던 곳으로 마을의 감시탑 역할을 했다.

• **브레사노네 약국박물관**Museo della Farmacia di Bressanone:

1787년 이래로 항상 같은 위치에서 지역 약국의 발전과 치료법의 변화를 보여주고 있다.

• **스펙**Speck:

스펙은 비계가 달린 돼지고기 덩어리를 염장해서 베이컨처럼 훈연한 것으로 브레사노네를 비롯한 티롤 지방의 특산물이다. 고기를 예쁘게 포장을 해서 팔기에 인스브루크에서 한 덩어리 사서 맛을 봤으나 비계가 많아서 냉장고에 방치하다가 결국 버렸는데 베이컨 보다는 하몽에 더 가까운 맛이었다. 그래도 특산물인 만큼 한 번쯤 먹어 보는 것도 나쁘지 않을 것 같다.

마리아와 마르코

브레사노네Bressanone(**브릭센**Brixen)

브레사노네에서 인스브루크로 달리던 기차의 같은 칸 앞자리에 앉아 있던 헝가리 불법 이민자가 이탈리안 경찰관에게 잡혀갔다.

낡은 가방을 가슴에 꼭 품고 잔뜩 긴장을 한 표정이 이상하다고 생각했었는데 역시 사연이 있던 사나이였다.

마음이 좋지 않았지만 옆자리의 20대 독일인 커플과의 대화로 사건은 금세 잊혀져 버렸다.

외모가 준수한 커플인 마리아와 마르코는 독일의 프라이부르크에 산다고 했다. 마리아는 한국 화장품에 대해서 이것저것 물어보기도 했다. 그녀는 아마존에서 샀다는 한국산 아이크림을 보여 주며 제대로 샀는지 봐 달라고도 했는데 마리아가 산 아이크림은 정체도 모를 중국산이었다. 내 가방에 여분의 한국산 로션이 하나 있어서 그녀에게 건넸다.

전부터 독일 청년들이 무척 반듯하다고 생각을 해왔는데 마르코는 예의가

바른데다가 태권도 강사라고 했다. 그는 '차렷'을 시작으로 태권도 용어들을 늘어놓기 시작했다. 타지에서 파란 눈의 외국인에게 한국어를 듣고 있으니 기분이 아주 묘했다.

그에게 한국에 정착한, 방송인이면서 태권도를 하는 프랑스인 파비안을 예로 들며 한국에 오면 인기가 좋겠다는 말을 했다. 마리아는 요가 강사라기에 역시 같은 말을 해 줬다. 별 의미 없이 한 말이었는데… 의젓하던 마르코가 갑자기 마리아의 무릎에 엎드리더니 훌쩍이는 시늉을 했다. 곧이어 마리아도 그의 등에 엎드렸다.

한국에 오면 서로의 인기 때문에 헤어질 것 같았나 보다. 당황스러운 것도 잠시, 멀쩡한 애들 울려 놓고 나는 좋다며 사진을 찍고 있었다. 집 나간 장난끼가 다시 돌아왔다.

독일

Germany

이별, 그리고 만남

뮌헨Munich

오스트리아의 인스브루크를 떠나서 독일의 뮌헨으로 가는 날이다. 언젠가부터 내 여행의 끝은 늘 프라하였기에 이번에도 인스브루크에서 프라하로 이동을 해서 여행을 마치고자 했다. 하지만 긴 이동 시간을 체력적으로 감당하기가 어려울 것 같기에 징검다리의 역할을 해 줄 도시를 찾다가 결정한 곳이 뮌헨이었다.

아침에 로지 아줌마가 작별 인사를 하러 내려오시더니 도자기로 된 아주 작은 모형 꽃 화분을 내미셨다. 남은 여행 내내 가방 속에 넣고 다니면 행운이 올 거라는 말씀과 함께 꼭 껴안아 주셨다.

로지 아줌마는 이젠 힘이 들어서 숙박업은 접을 거라고 하시더니 3층으로 나를 데리고 가셨다. 다락방이면서 완벽하게 독립적인 공간인 3층은 무척 예쁘게 꾸며져 있었다. 이탈리아에서 직장을 다니는 딸이 사용하던 곳이라며 다음에 오면 그곳에서 지내라고 하셨다. 세상은 넓고 감동을 주는 사람도 참으로 많다.

Haikky
TEPPANYAKI - WOK - SUSHI - BUFFET
Olympiastraße 17 - 6020 Innsbruck
Tel & Fax : 0512 / 322 625
www.haikky-wok.at

로지 아줌마가 불러 준 택시를 타고 플릭스 버스 정류장까지 아주 편하게 도착했다.

플릭스 버스는 도대체 기름이 공짜로 솟아나는 건지 말이 안 될 정도로 요금이 싸며 노선이 방대한지라 유럽 여행 중 교통비를 절약해야 할 때에 훌륭한 선택이 되어주는 교통수단이다.

가끔 갈아타는 것도 있지만 대부분 직행이니 두어 시간 정도의 거리라면 기차보다는 플릭스 버스가 훨씬 편리하다.

나는 2층 앞자리로 미리 좌석 예약까지 했다. 좌석 예약엔 비용이 발생하지만 아무 데나 앉아도 상관이 없다면 하지 않아도 된다.

플릭스 버스 모바일 애플리케이션이 있으니 티켓을 출력할 필요도 없고, 애플리케이션에 저장된 e 티켓을 기사에게 보여주면 되니 참으로 편리한 세상이 되었다.

몇 차례 방문을 했던 뮌헨이지만 이번에는 버스로 오니 처음인 듯 낯설기만 했다. 그래도 택시도 잘 타고 숙소도 잘 찾아갔다.

숙소의 주인인 나탈리는 옅은 파란 눈을 가진 대학의 교수였으며 18세기에 지은 아파트에서 혼자 살고 있었다.

나탈리를 만나자마자 나는 그녀의 가족인 강아지의 안부부터 물었다.

숙소 소개에서 미리 강아지의 존재를 알았기 때문이었다.

그해 5월에 무지개다리를 건너갔다는 나탈리의 대답을 듣자마자 꾹꾹 눌러왔던 눈물이 한꺼번에 주르륵 흘러내렸다.

우리 집 니키도 15세의 나이로 같은 해, 같은 5월, 비가 내리던 어느 새벽에 내 곁을 떠났다. 그날은 새벽부터 늦은 밤까지 눈물같은 비가 추적추적 참 많이도 내렸던 날이다.

니키… 세월의 흐름에 따라 기억에서 아주 조금씩 희미해지긴 하겠지만 결코 잊혀지지는 않을 것이다.

처음 만난 두 여자는 만나자마자 무지개다리를 건너간 두 강아지 얘기에 함께 눈물을 훔쳤다.

나탈리는 그 일을 겪자마자 견딜 수 없는 슬픔에 바로 스페인으로 여행을 떠났었다고 했지만 나는 니키가 없는 빈 집에 적응을 하기 위해서 석 달 동안 불면의 밤을 보내고서야 겨우 떠나올 수 있었다.

스위스, 마이엔펠트의 바람 부는 풀밭에서 이미 많은 위로를 받았지만 뮌헨에서는 같은 사연을 가진 동지를 만나니 가슴에 쌓여있던 슬픔의 무게가 한결 더 가벼워진 것 같았다.

주방 식탁에 마주보고 앉아서 한참을 얘기하고 나서야 방을 안내받았다.

코가 빨개진 나탈리는 티슈 통을 가져다주면서 혹시 더 울고 싶으면 사용하라며 우스갯소리를 했다.

• **인스브루크-뮌헨:** 2시간 25분 by 버스.

Enjoy the
NATURE

중세 독일의 기적이라 불리는 마을

레겐스부르크Regensburg

뮌헨을 출발한 기차는 나탈리가 추천해 준 레겐스부르크*Regensburg*를 향해서 달리기 시작했다.

출입문이 달린 6인용 컴파트먼트 좌석에는 주름이 고운 중년 여성과 나, 단 둘뿐이었다.

창밖에는 목가적인 풍경이 펼쳐지더니 초록의 궤적을 만들며 다시 흘러가고 있었다.

옆자리의 중년 여성이 노트북을 펼치더니 뭔가를 타이핑하기 시작했다. 그 모습이 몹시 진지하기에 조용히 해야 할 것 같았다. 휴대폰 카메라의 셔터 소리도 방해가 될 것 같아서 멍하니 창밖만 바라보다가 아주 잠깐 졸았던 것 같기도 하다.

창밖으로는 여전히 비슷한 풍경이 흘러가고 있었다. 하던 것을 끝냈는지 노트북을 가방에 넣은 옆자리의 여성이 우아한 목소리로 조용조용 말을 걸어왔다. 이름이 사비네라고 했다. 고양이 두 마리와 혼자 살고 있다는 사비네는

늦은 나이에 뮌헨에서 치료사 과정을 공부하는 중인지라 수업을 위해 일주일에 두 번 뮌헨에 나간다고 했다. 나이 불문하고 늘 공부하는 사람들이 나는 참 멋져 보인다.

세련된 이름을 가진 사비네 말에 의하면 요즘 독일에서는 마리아, 막달레나, 카타리나 등 옛날 전통 스타일의 이름들을 다시 사용하는 경향이 있다고 한다. 그러고 보니 그저께 브레사노네에서 인스브루크로 돌아가던 기차에서 만났던 요가 강사의 이름도 마리아였다.

우리나라도 사람 이름에 복고풍이 돌아온다면 무척 재미있어질 것 같다는 생각을 했다. 꼬마들이 할머니, 할아버지의 이름으로 불릴 걸 생각하니 웃음이 새어나왔다.

레겐스부르크 역까지 남은 시간은 겨우 20여 분, 짧은 시간 안에 서로에 관한 기본적인 정보를 나누고 마지막으로 이메일 주소까지 교환한 후에 급하게 기차에서 내렸다. 사비네는 괜찮은 사람이었다. 진작 말을 걸어왔더라면 좋았을 것을.

대중교통을 이용하는 여행은 현지인이든 여행자든 늘 사람을 만난다. 그래서 설레고, 그래서 흥미롭다.

레겐스부르크 역에 내리니 사람들은 다 구시가지 쪽으로 걸어가고 있었다.

나는 바이에른 지방의 모든 대중교통을 이용할 수가 있는 바이에른 티켓을 샀는지라 역 앞에서 초록색 버스에 무료 탑승을 했다.

어디쯤이었을까… 큰 건물이 보여서 급하게 내렸더니 레겐스부르크 대성당*Dom St Peter* 앞이었다. 제대로 내린 거였다.

레겐스부르크 대성당은 독일 남부에서 가장 중요한 고딕 양식의 성당이다.

조명이 낮은 대성당에 들어서니 무척 정교한 그림의 스테인드글라스가 벽면을 장식하고 있었고 그 스테인드글라스를 통해 들어오는 오후의 햇살이 섬세한 조각품들을 부드럽게 비추고 있었다.

선사 시대부터 정착이 이루어졌다는 레겐스부르크는 도나우 강의 최북단에 위치한다. 2000년의 역사가 살아 숨 쉬는 중세 도시인 레겐스부르크의 구

시가지에는 대성당, 수도원, 탑, 구시청사 등 옛 건물들이 제2차 세계 대전을 거치면서도 잘 보존되었기에 레겐스부르크는 '중세 독일의 기적'으로 묘사된다고 한다.

역사적 기념물이 많은 도시인 레겐스부르크에서는 골목마다 가이드의 설명을 경청하고 있는 단체 여행자들의 모습을 자주 볼 수가 있었다.

은은한 파스텔 색조의 시원시원한 건물들이 많은 레겐스부르크 구시가지에는 의외로 유난히 좁은 골목길이 많았다. 그 골목길에는 아기자기한 가게들이 가득 들어서 있었다.

어느 서점에는 엘비스 프레슬리의 팬클럽 잡지인 Graceland도 진열되어 있었고, 요즘 보기 힘든 레코드 샵에는 Black Sabath를 비롯해서 Doors, Jefferson Airplane, Rolling Stones, Deep Purple, Bob Dylan 등등의 귀한 LP들이 진열되어 있었다.

클래식 미니카와 크리스마스 소품들을 파는 골동품 가게의 쇼윈도 앞에서는 한참 동안 넋을 놓고 구경을 했다.

슈타이네르 다리*Steinerne Brücke*로 향했다. 다리 초입의 브릿지 타워 박물관*Brückturm-Museum* 아래를 통과하니 석조로 된 심플한 디자인의 슈타이네르 다리가 나타났다.

1135년에서 1146년 사이, 약 11년 만에 지어진 독일 중세 건축의 걸작인 슈타이네르 다리는 레겐스부르크 대성당과 함께 도시의 가장 중요한 랜드마크이며 유네스코 세계문화유산 목록에 레겐스부르크 구시가지가 포함된 이유이기도 하다. 역사적인 유적이 많은 슈타트암호프*Stadtamhof* 지역과 구시가를 연결하는 이 석조 다리는 놀랍게도 1357년에 건설이 시작되어 1402년에 완

성된 체코, 프라하에 있는 까를교의 모델이 되었다고 한다.

슈타이네르 다리는 독일에서 가장 오래된 석조 다리라고 하지만 운치 있고 고풍스럽다기보다는 상당히 모던한 느낌의 다리였다. 다리 아래로는 푸른 도나우 강이 흐르고 가끔 유람선도 다니고 있었다.

• **뮌헨-레겐스부르크:** 1시간 23분 by 기차.

• **레겐스부르크 대성당의 오르간 콘서트:**
6월과 7월, 매주 수요일 오후 8시

• **바이에른 티켓:**
바이에른 주에 속하는 도시들을 저렴하게 다닐 수 있는 1일 권 티켓이다.
1. 평일은 오전 9시부터 다음날 새벽 3시까지 바이에른 티켓 한 장으로 고속 열차를 제외한, 바이에른 지역의 RE, IRE, RB, ALX, S 등의 로컬 기차와 지하철인 U-Bahn, 광역철도인 S-Bahn, 버스, 트램 등 모든 대중교통 이용이 가능하다. 주말은 0시부터 다음날 새벽 3시까지 가능.
2. 인원에 따라서 선택이 가능한데 5명까지 선택할 수 있고 인원이 많을수록 1명당 티켓 가격이 내려가기 때문에 티켓 한 장으로 최대 5인까지 함께 이용하는 게 이득이다.
다만 모든 동행인의 정보를 티켓에 적어야 하며 검표할 때 다 같이 모여 있어야 한다.
3. 티켓은 DB Navigator 애플리케이션이나 기차역에서 당일 구매할 수가 있다.

• **바이에른 티켓으로 여행할 수 있는 바이에른 주의 도시:**
밤베르크, 뷔르츠부르크, 로텐부르크 옵 데어 타우버, 뉘른베르크, 잉골슈타트, 아우크스부르크, 뮌헨, 파사우, 베르히테스가덴, 오베라메르가우, 퓌센, 가르미슈-파르텐키르헨 등.

• **바이에른 주에 속하지 않지만 바이에른 티켓으로 여행할 수 있는 도시:**
독일의 울름, 오스트리아의 쿠프슈타인, 로이테, 잘츠부르크 등.

BERND
WOLF
ARTIFICIUM
RATISBONA
TANDLEREI

WEIN OLIVE
HOTEL AM DOM
MARCUS MÜLLER

KAO
Zeppelin
Wir verkaufen Weihnachtsartikel
ganzjährig
we sell Christmas items
all around the year
ROLLEIFLEX
old Steiff

BESUCHERZENTRUM
WELTERBE

장미 향기 속으로

프라이징Freising

프라이징*Freising*은 몇 년 전 6월, 당시 뮌헨의 숙소 주인에게 소개받아서 다녀온 작은 마을이다.

장미로 가득했던 골목길이 환상적이었던지라 여행에서 돌아와서도 때때로 사진들을 꺼내 보면서 장미향기의 추억에 잠기곤 했던 곳인데 다시 찾은 뮌헨에서 드디어 프라이징을 재방문하게 되었다.

9월이라 장미는 이미 시즌이 지났겠지만 혹시라도 피어 있을지 모른다는 기대감을 품고 숙소를 나섰다.

전에는 뮌헨 중앙역에서 기차로 갔지만 이번에는 숙소가 있는 동네에서 S-Bahn을 이용했다.

프라이징 역에 내리니 '장미의 도시 프라이징*Rosenstadt Freising*'이라고 적혀 있는 곰 동상이 변함없는 모습으로 나를 반기고 있었다.

개울이 흐르는 이름 모를 다리를 지나고 반호프 길*BahnhofstraBe*을 따라서 걸으니 어느새 마을의 중심인 마리엔 광장*Marienplatz*이 나왔다.

마을 여기저기에 서 있는 곰 동상들을 비롯해서 길옆의 상점들도 전부 그대로였다. 마치 어제 왔던 것처럼 모든 것이 선명해지기 시작했다.

갑자기 마음이 급해졌다. 무슨 약속이라도 있는 듯이 빠른 걸음으로 마리엔 광장 옆으로 난 골목길로 들어갔다. 웨딩드레스 샵에 진열된 드레스가 바뀌었을 뿐 골목길은 하나도 변한 게 없었다.

어느 집 문을 지키던 예쁘장한 고양이 대신에 그 앞에는 꼬마가 뛰어 다니고 있었지만 한참을 쉬어 갔던 문 옆의 벤치도, 목재로 된 문도 그대로였다.

그때는 장미의 계절이었던지라 골목길의 건물들은 온갖 장미로 치장이 되어 있었고, 바람 한 줄기 없는 골목길에 장미향이 넘실거리니 그저 꿈속인 듯 화려한 향기에 흠뻑 취해 시간이 흐르는 줄도 모르고 있었다.

다시 찾아간 골목길, 장미는 끝물이었지만 노란 장미는 아직도 진한 향기를 내뿜고 있었다. 그 골목길에서 그때처럼 또 얼마나 머물렀는지 모른다.

골목길을 나와서 마을을 돌아 언덕에 오르면 놀라울 만큼 화려한 인테리어의 프라이징 대성당*Dom St. Maria und St. Korbinian*이 있다. 그런 성당에 아무도 없다는 사실에 다시 한 번 놀라게 되지만 어느새 나만을 위한 안락하고 성스러운 장소에 익숙해지고 있었다.

프라이징은 우리에게는 생소한 곳이나 역사적인 장소가 많아서 독일 현지인들에게는 인기가 많은 곳이라고 한다.

나는 장미가 있는 골목길의 추억 때문에 다시 찾았지만 프라이징에는 세계에서 가장 오래된 맥주 양조장이 있어서 맥주 애호가들은 양조장 투어를 목적으로 방문하기도 한다.

- **뮌헨 중앙역-프라이징**: 24분 by 기차.
- **뮌헨 국제 공항-프라이징**: 10분 by 기차.

- **프라이징 대성당**Dom St. Maria und St. Korbinian:

깔끔하고 평범한 외관과 달리, 우아한 프레스코화와 섬세한 장식으로 가득한 성당의 실내는 탄성이 나올 만큼 아름답다.

- **성 게오르그 교회**Kath. Kirche Sankt Georg:

마리엔 광장 부근의 잘 보존된 고딕 교회. 심플한 디자인의 인테리어가 인상적이다.

- **바이엔슈테판 브루어리**Bayerische Staatsbrauerei Weihenstephan:

세계에서 가장 오래된 맥주 양조장이며 투어가 가능하다.
마리엔 광장에서 도보로 약 20분 소요. 프라이징 역에서 버스로도 이동 가능하다.
홈페이지: https://www.weihenstephaner.de/

- 역에서 마리엔 광장 가는 길의 중간쯤, 양쪽으로 현지인들이 많이 찾는 장미 공원이 있으니 역으로 돌아가는 길에 잠시 들러 보는 것도 좋다.

Familie
Dlugosch

21
Mittlerer Graben
Susanne Kiefer

체코

Czech Republic

이보다 더 행복할 수가…

텔치Telč

어느 날, 유럽의 어느 작은 마을이 사진 속에서 나를 유혹하고 있었다. 체코의 소도시인 텔치*Telč*였다. 긴 삼각형 모양의 자하리아스 광장*Náměstí Zachariáše z Hradce*이 텔치의 중심에 있었고, 각각 다른 컬러의 르네상스 및 바로크 풍의 주택들이 광장을 중심으로 길게 늘어서 있었다. 다닥다닥 붙어 있는 작은 주택들이 너무나 매력적이었다.

텔치는 13세기에 세워진 체코의 모라비아 남부에 있는 마을이다. 당시에는 보헤미아, 모라비아 및 오스트리아를 오가는 상인들이 교차하는 곳이었기에 상당히 붐비었던 마을이었으리라고 짐작한다. 하지만 현재는 그러한 과거를 상상할 수도 없는 무척 조용한 마을이다. 텔치는 보헤미안 및 모라비안과 르네상스식이 복합된 마을의 모습을 지금까지도 완벽하게 보존하고 있기에 유네스코 세계 문화유산으로 지정된 곳이기도 하다.

체코의 브르노에서 출발한 버스는 텔치 버스 터미널에 도착했다. 터미널은

노란 건물의 기차역 바로 앞에 있었고, 터미널이라기보다는 시골의 버스 정류장이었다.

텔치에서 내린 사람은 6주 동안 나 홀로 여행 중인 호주인 폴레인 여사와 나뿐이었다. 그날부터 텔치에 머무는 며칠 동안 나의 든든한 식사 파트너가 되었던 폴레인 여사와 나는 지도를 보며 자하리아스 광장에 위치한 숙소를 찾아서 걷기 시작했다.

울퉁불퉁한 인도를 걸어 작은 골목을 통과하자 드디어 사진 속에 있던 긴 삼각형 모양의 자하리아스 광장이 나타났다.

텔치에는 아름다운 3개의 연못이 있다. 다음날 새벽, 연못 주변의 그림 같은 풍경을 보기 위해서 숙소를 나섰다.

광장 옆으로 난 골목길을 조금 걸어가니 목조 다리가 있었다. 다리를 건너니 이슬이 촉촉한 숲길이 울리츠키 연못*Ulický rybník*을 빙 돌아서 이어졌다.

연못에는 8월 말인데도 물안개가 모락모락 피어나고 있었고, 잠에서 덜 깬 오리들은 물안개 속에서 비몽사몽 목욕을 하고 있었다.

물안개 너머로 아름다운 텔치 성*Státní zámek Telč*이 나타났다. 눈부신 아침 햇살이 연못 위에 드리우자 뽀얀 물안개가 조금씩 옅어지기 시작했다. 울리츠키 연못 속에는 또 하나의 완벽한 성이 거꾸로 내려앉아 있었다.

인적 없는 연못을 돌아 커다란 나무들이 빽빽한 숲길을 걸었다. 슬리퍼를 신은 발이 어느새 차가운 이슬로 기분 좋게 젖어 있었다. 중세의 성을 끼고 한 바퀴 돌고 나니 슈테프니츠키 연못*Štěpnický rybnik*이 시작되고 있었다. 유럽에서 이보다 더 평화로운 아침을 나는 본 적이 없었다.

성 야곱 성당*Kostel sv. Jakuba*의 전망대에 오르니 아름다운 텔치가 고스란히 시야에 들어왔다. 세 개의 연못은 오렌지색의 지붕들이 가득한 마을을 감싸고 있었고, 멀리에는 남 모라비아의 푸른 들판이 아름답게 펼쳐져 있었다

체코의 숨은 보석인 텔치는 '동화 같은 마을'이라는 수식어로는 부족할 만큼 너무나 아름다운 곳이었다. 텔치는 관광객들로 북적이지도 않으니 몸도 마음도 절로 느려지는 것 같았다.

작은 이 마을에서는 유난히 좋은 사람들을 많이 만났다. 식사 때마다 만나서 함께 식사를 했던 폴레인 여사를 비롯해서 아침 식사 때마다 말동무가 되어 주었던 숙소의 스태프인 루치에, 루치에가 나의 말동무를 하고 있으면 슬쩍 옆에 앉아서 경청을 하던 또 다른 스태프인 마리아. 그녀는 루치에가 체코어로 통역을 해 줘야 알아듣는데도 뭐가 그리 재밌는지 해맑게 웃곤 했다.

떠나던 날, 주방에서 일하시다가 내 손을 꼭 잡아 주시던 마리아 어머니의 젖은 손의 감촉은 아직도 잊혀지지 않는다. '정'은 한국에만 있는 게 아니었다.

텔치에서의 4일은 너무나 행복했다.

• **브르노-텔치**: 1시간 55분 by 버스.
• **프라하-텔치**: 3시간 28분 by 기차.

• 체코 여행 시에 꼭 필요한 애플리케이션인 'IDOS'는 체코 전역으로 가는 버스와 기차는 물론이고, 가까운 이웃 국가의 도시로 이동 시에도 모든 교통 정보를 정확하게 보여 주는 아주 유용한 애플리케이션이다.

• 앞서 출간한 도서인 『바람처럼 구름처럼 in 유럽』에서 이미 한 번 소개되었던 마을이지만 잊을 수 없는 체코의 작은 마을이기에 한 번 더 소개한다.
텔치에서의 사진들은 DSLR 카메라로 촬영되었다.

HOTEL
CELERIN

PRIVÁT
U nás doma

ITALSKA

위로

작은 마을 산책은 위로였다.

떠나길 정말 잘했다.